蒋勋说唐诗

从王维到李白

蒋勋 著

上

蒋勋指定授权
青少名画版

湖南美术出版社　小博集
全国百佳图书出版单位

蒋勋说唐诗 上

从王维到李白

目录

自 序
坐看云起与大江东去 1
——从品味唐诗到感觉宋词

第一章 大唐盛世

诗像一粒珍珠 002
唐朝是诗的盛世 004
新绣罗裙两面红,一面狮子一面龙 006
菩提萨埵与水到渠成 008
文学的内容与形式 010
前不见古人,后不见来者 012
诗人的孤独感 015
游牧民族的华丽 017
唐诗里的残酷 019
侠的精神 021
唐朝是一场精彩的戏 023

第二章 春江花月夜

- 唐朝是汉文化一次短暂的度假期 026
- 生命的独立性 030
- 与道德无关的生命状态 032
- 何处春江无月明 035
- 空里流霜不觉飞 037
- 江畔何人初见月?江月何年初照人? 039
- 宇宙意识和情感经验 041
- 牵连和挂念予生命以意义 043
- 愿逐月华流照君 045
- 归 宿 048
- 交响曲的结尾 050
- 交响诗乐章 053

第三章 王维

诗中有画，画中有诗　058
无　人　061
山水中生命的状态　063
《洛阳女儿行》：贵游文学的传统　068
回看射雕处，千里暮云平　074
大漠孤烟直，长河落日圆　076
相逢意气为君饮　078
行到水穷处，坐看云起时　082
即此羡闲逸，怅然歌《式微》　085

第四章 李白

诗歌的传统与创新　090

角色转换　092

青梅竹马　095

定　格　098

浪漫诗的极致　102

盛放与孤独　110

长风破浪会有时，直挂云帆济沧海　114

吴宫花草埋幽径，晋代衣冠成古丘　116

最贵重的是生命的自我反省　118

诗存在于生活中　121

"诗仙"和"诗圣"　123

柔情与阳刚　127

浮云游子意，落日故人情　130

醉月频中圣，迷花不事君　132

忧伤与豁达　134

我本楚狂人　136

美到极致的感伤　138

思君若汶水，浩荡寄南征　140

附录　142

自序

坐看云起与大江东去
—— 从品味唐诗到感觉宋词

我喜欢诗,喜欢读诗、写诗。

少年的时候,有诗句陪伴,好像可以一个人躲起来,在河边、堤防上、树林里、一个小角落,不理会外面世界轰轰烈烈发生什么事。少年的时候,也可以背包里带一册诗,或者,即使没有诗集,就是一本手抄笔记,有脑子里可以背诵记忆的一些诗句,也足够用,可以一路念着,唱着,一个人独自行走去了天涯海角。

有诗就够了,年轻的时候常常这么想。

有诗就够了,行囊里有诗,口中有诗,心里面有诗,仿佛就可以四处流浪,跟自己说:"今宵酒醒何处?"很狂放,也很寂寞。

少年的时候，相信可以在世界各处流浪，相信可以在任何陌生的地方醒来，大梦醒来，或是大哭醒来，满天都是繁星，可以和一千年前流浪的诗人一样，醒来时随口念一句："今宵酒醒何处？"

无论大梦或大哭，仿佛只要还能在诗句里醒来，生命就有了意义。很奇怪的想法，但是想法不奇怪，很难喜欢诗。

在为鄙俗的事吵架的时候，大概是离诗最远的时候。

少年时候，有过一些一起读诗写诗的朋友，现在也还记得名字，也还记得那些青涩的面容，笑得很腼腆。读自己的诗或读别人的诗，都有一点悸动，像是害羞，也像是狂妄。

日久想起那些青涩腼腆的声音，后来都星散各地，也都无音讯，心里有惆怅唏嘘，不知道他们流浪途中，是否还会在大梦或大哭中醒来，还会又狂放又寂寞地跟自己说："今宵酒醒何处？"

走到天涯海角，离得很远，还记得彼此；或者对面相逢，近在咫尺，都走了样，已经不认识彼此，不是两种生命不同的难堪吗？

"纵使相逢应不识"，读苏轼这一句，我总觉得心中悲哀。不是容貌改变了，认不出来，或者，不再相认，因为岁月磨损，没有了诗，相逢或许也只是难堪了。

曾经害怕过，老去衰颓，声音喑哑，失去了可以读诗写诗的腼腆佯狂。

前几年路上偶遇大学诗社的朋友，很紧张，还会怯怯地低声问一句："还写诗吗？"

这几年连"怯怯地"也没有了，仿佛开始知道，问这句话，对自己或对对方，多只是无谓的伤害。

所以，还能在这老去的岁月里，默默让生命找回一点诗句的温度，或许是奢侈的吧？

生活这么沉重辛酸，也许只有诗句像翅膀，可以让生命飞翔起来。

"天长路远魂飞苦",为什么李白用了这样揪心的句子?

从小在诗的声音里长大,父亲母亲总是让孩子读诗背诗,连做错事的惩罚,有时也是背一首诗,或抄写一首诗。

街坊邻居闲聊,常常出口无端就是一句:"虎死留皮人留名啊。"那人是街角捡字纸(专门捡别人丢弃的有字的纸,整理焚烧)的阿伯,但常常出口成章,我以为是"字纸"捡多了也会有诗。

有些诗,是因为惩罚才记住了。在惩罚里大声朗读:"明月出天山,苍茫云海间。长风几万里,吹度玉门关……"诗句让惩罚也不像惩罚了,朗读是肺腑的声音,无怨无恨,像天山明月,像长风几万里,那样辽阔大气,那样澄澈光明。

有诗,就没有了惩罚。苏轼总是在政治的惩罚里写诗,越惩罚,诗越好。流放途中,诗是他的救赎。

诗,会不会是千万年来许多民族最古老最美丽的记忆?

希腊古老的语言在爱琴海的岛屿间随波涛咏唱——《奥德赛》《伊利亚特》,关于战争,关于星辰,关于美丽的人与美丽的爱情。

沿着恒河与印度河,一个古老民族传唱着《摩诃婆罗多》《罗摩衍那》,也是战争,也是爱情,无休无止的人世的喜悦与忧伤。

黄河长江的岸边,男男女女,划着船,一遍一遍唱着:"蒹葭苍苍,白露为霜。所谓伊人,在水一方。溯洄从之,道阻且长。溯游从之,宛在水中央。"

歌声、语言、顿挫的节奏、呼应的和声,反复、重叠、回旋,像长河的潮汐,像江流蜿蜒,像大海波涛,一代一代传唱着民族最美丽的声音。

《诗经》的十五国风,是不是两千多年前汉语地区风行的歌谣?唱着欢欣,也唱着哀伤;唱着梦想,也唱着幻灭。

他们唱着唱着,一代一代,在百姓口中流传风行,咏叹着生命。

《诗经》从"诗"变成"经"是以后的事。"诗"是声音的流传，"经"被书写成了固定的文字。

我或许更喜欢"诗"，自由活泼，在活着的人口中流传，是声音，是节奏，是旋律，可以一面唱一面修正，还没有被文字限制成固定死板的"经"。

《诗经·大雅·绵》讲盖房子："捄之陾陾，度之薨薨。筑之登登，削屡冯冯。"

变成文字，简直聱牙。经过两千多年，就需要一堆学者告诉年轻人："冯冯，读音是'凭凭'。"

如果还是歌声传唱，这盖房子的声音就热闹极了，这四种声音，在今天，当然就可以唱成"隆隆""轰轰""咚咚""凭凭"。"乒乒乓乓"，盖房子真热闹，最后"百堵皆兴"，一堵一堵墙立起来，要好好打大鼓来庆祝，所以"鼛鼓弗胜"。

"诗"有人的温度，"经"只剩下躯壳了。

文字有几千年，语言比文字早很多。声音也比文字更属于百姓，不识字，还是会找到最贴切活泼的声音来记忆、传达、颂扬，不劳文字多事。

台湾岛东部少数民族部落里人人都歌声美丽，汉字对他们框架少、压力小，他们被文字"污染"不深，因此歌声美丽，没有文字羁绊，他们的语言因此容易飞起来。

我常在闽南地区听到最近似"陾陾""薨薨"的美丽声音。他们的声音有节奏，有旋律，可以悠扬婉转，他们的语言还没有被文字压死。最近听桑布伊唱歌，全无文字，真是"咏""叹"。

害怕"经"被亵渎，死抱着"经"的文字不放，学者、知识分子的《诗经》不再是"歌"，只有躯体，没有温度了。

可惜，"诗"的声音死亡了，变成文字的"经"，像百啭的春莺，被割了喉管，努力展翅飞扑，还是痛到让人叹惋。

"惋""叹"都是声音吧，比文字要更贴近心跳和呼吸。有点像

《诗经》《楚辞》里的"兮",文字上全无趣味,我总要用叹惋的声音体会这可以拉得很长的"兮","兮"是音乐里的咏叹调。

从《诗经》的十五国风,到"汉乐府",都还是民间传唱的歌谣。仍然是美丽的声音的流传,不属于任何个人,大家一起唱,一起和声,你一句,我一句,他一句,变成集体创作的美丽作品。

"青青河畔草,绵绵思远道。远道不可思,夙昔(一作:宿昔)梦见之……"只有歌声可以这样朴素直白,是来自肺腑的声音,有肺腑间的热度。头脑思维太不关痛痒,口舌也只有是非,出来的句子,不会是"诗",不会这样有热烈的温度。

我总觉得汉语诗是"语言"带着"文字"飞翔,因此流畅华丽,始终没有脱离肺腑之言的温度。

小时候在庙口听老人家用闽南语吟诗,真好听,香港朋友用老粤语唱姜白石(姜夔)的《长亭怨慢》,也是好听。

我不喜欢诗失去了"声音"。

汉字从秦以后统一了,统一的汉字有一种霸气,让各地方并没有统一的"汉语"自觉卑微。然而我总觉得活泼自由的汉语在民间的底层活跃着,充满生命力,常常试图颠覆官方汉字因为装腔作势越来越死板的框框。

文化僵硬了,要死不死,语言就从民间出来,用歌声清洗一次冰冷濒临死亡的文字,让"白话"清洗"文言"。

唐诗在宋朝蜕变出宋词,宋词蜕变出元曲,乃至近现代的"白话文运动",大概都是"借尸还魂",从庶民间的"口语"出来新的力量,创造新的文体。每一次文字濒临死亡,民间充满生命活力的语言就成了救赎。

因此或许不需要担心诗人写什么样的诗,回到大街小巷、回到庙口、回到百姓的语言中,也许就重新找得到文学复活的契机。

小时候在庙口长大,台北大龙峒的保安宫。庙会一来,可以听到各种美丽的声音,南管、北管、子弟戏(歌仔戏)、客家山歌吟唱、相褒对唱,受日本影响的浪人歌谣,战后移居台湾的山东大鼓、河南梆子、秦腔,乃至美国(20世纪)50年代的摇滚,都混杂成庙口的声音,像是冲突,像是不协调,却是一个时代惊人的和声,在冲突不协调里寻找彼此融合的可能性。我总觉得,新的声音美学在形成,像经过三百多年魏晋南北朝的纷乱,胡汉各地的语言、各族的语言、印度的语言、波斯的语言、东南亚各地区的语言,彼此冲击,从不协调到彼此融合,准备着大唐盛世的来临,准备语言与文字达到完美巅峰的唐诗的完成。

应该珍惜,台湾岛是声音多么丰富活泼的地方。

生活里其实诗无所不在。家家户户门联上都有"风调雨顺""国泰民安",那是《诗经》的声音与节奏。

邻居们见了面总问一句,"吃饭了吗?""吃饱了?"也让我想到《古诗十九首》里动人的一句叮咛:努力加餐饭。上言加餐饭,生活里、文学里,"加餐饭"都一样重要。

我习惯走出书房,走到百姓间,在生活里听诗的声音。

小时候顽皮,一伙儿童去偷挖番薯,老农民发现,手持长竹竿追出来。他一路追一路骂,口干舌燥。追到家里,告了状,父亲板着脸,要顽童背一首唐诗作为惩罚——《茅屋为秋风所破歌》,读到"南村群童欺我老无力",忽然好像读懂了杜甫。在此后的一生里,记得人在生活里的艰难,记得杜甫或穷苦的农民,会为几根茅草或几个地瓜"唇焦口燥"追骂顽童。

我们曾经都是杜甫诗里欺负老阿伯的"南村群童",在诗句中长大,知道有多少领悟和反省,懂得敬重一句诗,懂得在诗里尊重生命。

唐诗语言和文字都太美了,忘了它其实如此贴近生活。走出书房,走出教科书,在我们的生活中,唐诗无处不在,这才是唐诗恒久而普遍的巨大影响力吧。

唐诗语言完美，可以把口语问话入诗。

唐诗文字声音无懈可击：无边落木萧萧下，不尽长江滚滚来。写成对联，文字结构和音韵平仄都如此平衡对称，如同天成。

在一个春天走到江南，偶遇花神庙，读到门楹上两行长联，真是美丽的句子：

风风雨雨，暖暖寒寒，处处寻寻觅觅。
莺莺燕燕，花花叶叶，卿卿暮暮朝朝。

那一对长联，霎时让我觉得骄傲，是在汉字与汉语的美丽中长大的骄傲，只有汉字汉语可以创作这样美丽工整的句子。平仄、对仗、格律，仿佛不只是技巧，而是一个民族传下来可以进入春天，可以进入花神庙的通关密语。

有诗，就有了美的钥匙。

我们羡慕唐朝的诗人，水到渠成，活在文字与语言无限完美的时代。

张若虚的《春江花月夜》，传说里的"孤篇压倒全唐之作"，是一个时代的序曲，这样豪迈大气，却可以这样委婉平和，使人知道"大"是如此包容。讲春天、讲江水、讲花朵、讲月光、讲夜晚，格局好大，却一无霸气。盛世，是从这样的谦逊内敛开始的吧，不懂谦逊内敛，盛世没有厚度，只是夸大张扬，装腔作势而已吧。

王维、李白、杜甫，构成盛唐的基本核心价值，"佛""仙""圣"，古人用很精简的三个字概括了他们美学的调性。

"行到水穷处，坐看云起时。"王维是等在寺庙里的一句签，知道人世外还有天意，花自开自落，风云自去自来，不劳烦恼牵挂。经过劫难，有一天走到庙里，抽到一支签——行到水穷处，坐看云起时，那一

自序 　坐看云起与大江东去

定是上上签吧。

"我歌月徘徊，我舞影零乱。"李白是汉语诗里少有的青春闪烁，这样华美，也这样孤独，这样自我纠缠。年少时不疯狂爱一次李白，简直没有年轻过。我爱李白的时候总觉得要走到繁华闹市读他的《将进酒》，酒楼的喧闹，奢华的一掷千金，他一直想在喧闹中唱歌："岑夫子，丹丘生。"我总觉得他叫着"老张，老王，别闹了"。"与君歌一曲，请君为我倾耳听"，在繁华的时代，在冠盖满京华的城市，他是彻底的孤独者。杜甫说对了：冠盖满京华，斯人独憔悴！

不能彻底孤独，不会懂李白。

"诗圣"完全懂李白作为"仙"的寂寞。然而杜甫是"诗圣"，"圣"必须要回到人间，要在最卑微的人世间完成自己。

战乱、饥荒、流离失所，"朱门酒肉臭，路有冻死骨"。杜甫低头看人世间的一切，看李白不屑一看的角落。"三吏""三别"，让诗回到人间，书写人间，听人间各种哭声。战乱、饥荒、流离失所，我们也要经历这些，才懂杜甫。杜诗常常等在我们生命的某个角落，在我们狂喜李白的青春过后，忽然懂得在人世苦难前低头，懂得文学不只是自我趾高气扬，也要这样在种种生命苦难前低头谦卑。

诗佛、诗仙、诗圣，组成唐诗的巅峰，也组成汉诗记忆的三种生命价值，在漫漫长途中，或佛，或仙，或圣，我们仿佛不是在读诗，是一点一点找到自己内在的生命元素。王维、李白、杜甫，三种生命形式都在我们身体里面，时而恬淡如云，时而长啸伴狂，时而沉重忧伤。唐诗，只读一家，当然遗憾；唐诗，只爱一家，也当然可惜。

这四本书，是近三十年前读书会的录音，讲我自己很个人的诗词阅读乐趣。录音流出，也有人整理成文字，很多未经校订，错误杂乱，我读起来也觉得陌生，好像不是自己说的。

悔之多年前成立有鹿文化，他一直希望重新整理出版我说"文学之美"的录音,我拖延了好几年。一方面还是不习惯语言变成文字,另一方面也觉得这些录音太个人,读书会谈谈可以,变成文字,还是有点觉得会有疏漏。

悔之一再敦促,也特别再度整理,请青年作家凌性杰、黄庭钰两位校正,两位都对中学语文教学有所关心,他们的意见是我重视的。这四本书里选读的作品多是台湾目前语文教科书的内容。如果今天台湾的少年读这些诗、这些词,除了用来考试升学,能不能让他们有更大的自由,能真正品味这些唐诗宋词之美?能不能让他们除了考试、除了注解评论,还能有更深的对诗词在美学上的人生感悟与反省?

也许,悔之有这些梦想,性杰、庭钰也有这些梦想,许多语文教学的老师都有这样的梦想:让诗回到诗的本位,摆脱考试升学的压力,可以是成长的孩子生命里真正的"青春作伴"。

我在读书会里其实常常朗读诗词,我不觉得一定要注解。诗,最好的诠释可不可能是自己朗读的声音?

因此我重读了张若虚的《春江花月夜》,重读了白居易的《琵琶行》,一句一句,读到"江畔何人初见月?江月何年初照人?",读到"同是天涯沦落人,相逢何必曾相识!",还是觉得动容,诗人可以这样跟江水月亮说话,可以这样跟一个过气的歌伎说话,跟孤独落魄的自己说话。这两个句子,会需要注解吗?

李商隐好像难懂一点,但是,我还是想让自己的声音环绕在他的句子中,"相见时难别亦难",好多矛盾、好多遗憾、好多两难,那是义山诗,那也是我们每一个人的生命景况。我们有一天长大了,要经过多少次"相见"与"告别",终于会读懂"相见时难别亦难"。不是文字难懂,是人生难懂,生命艰难,有诗句陪着,可以慢慢走去,慢慢读懂自己。

> 荷叶生时春恨生，荷叶枯时秋恨成。
> 深知身在情长在，怅望江头江水声。

春去秋来，生枯变换，我们有这些诗，可以在时间的长河边，听水声悠悠。

要谢谢云门舞集音乐总监梁春美为唐诗宋词的录音费心，录王维的时候我不满意，几次重录，我跟春美说："要空山的感觉"，又加一句"最安静的巴赫"，自己也觉得语无伦次，但春美一定懂，这一份录音交到聆听者手中，希望带着空山里的云岚，带着松风，带着石上青苔的气息，弹琴的人走了，所以月光更好，可以坐看一片一片云的升起。

但是要录几首我最喜爱的宋词了——李煜的《浪淘沙》《虞美人》《破阵子》《相见欢》，这些几乎在儿童时就朗朗上口的词句，当时完全无法体会什么是"四十年来家国"，当时怎么可能读懂"梦里不知身是客"。每到春分，窗外雨水潺潺，从睡梦中惊醒，一晌贪欢，不知道那个遥远的南唐原来这么熟悉，不知道那个"垂泪对宫娥"的赎罪者仿佛正是自己的前世因果。"仓皇辞庙"，在父母怀抱中离开故国，我曾经也有这么大的惊惶与伤痛吗？已经匆匆过了感叹"四十年来家国"的痛了，在一晌贪欢的春雨飞花的南唐，不知道还能不能忘却在人世间久客的哀伤肉身。

每一年春天，在雨声中醒来，还是磨墨吮笔，写着一次又一次的"梦里不知身是客，一晌贪欢"，看渲染开来的水墨，宛若泪痕。我最早在青少年时读着读着的南唐词，竟仿佛是自己留在庙里的一支签，签上诗句，斑驳漫漶，但我仍认得出那垂泪的笔迹。

亡一次国，有时只是为了让一个时代读懂几句词吗？何等挥霍，何等惨烈，他输了江山，输了君王，输了家国，然而下一个时代，许多人从他的诗句里学会了谱写新的歌声。

自序 坐看云起与大江东去

宋词的关键在南唐,在亡了江山的这一位李后主身上。

南唐的"贪欢"和南唐的"梦里不知身是客"都传承在北宋初期的文人身上。晏殊、晏幾道、欧阳修,他们的歌声里都有贪欢沉溺,也惊觉人生如梦,只是暂时的客居。贪欢只是一晌,短短梦醒,醒后犹醉,在镜子里凝视着方才的贪欢,连镜中容颜也这样陌生。"一场愁梦酒醒时""无可奈何花落去,似曾相识燕归来",在岁月里多愁善感。晏幾道贪欢更甚——"记得小蘋初见",连酒楼艺伎身上的"两重心字罗衣"都清清楚楚,图案、形状、色彩,绣线的每一针每一线,他都记得。

南唐像一次梦魇,烙印在宋词身上。"落花人独立,微雨燕双飞",唐朝写不出的句子,在北宋的歌声里唱了出来。他们走不出边塞,少了异族草原牧马文化的激荡。他们多在都市中,在寻常百姓巷弄,在庭院里,在酒楼上,他们看花落去、看燕归来,他们比唐朝的诗人没有野心,更多惆怅感伤,泪眼婆娑,跟岁月对话。他们惦记着"衣上酒痕",惦记着"诗里字",都不是大事,无关家国,不成"仙",也不成"圣",学佛修行也常常自嘲不彻底,歌声里只是他们在岁月里小小的哀乐记忆。

"白发戴花君莫笑。"我喜欢老年欧阳修的自我调侃,一个人做官还不失性情,没有一点装腔作势。

范仲淹也一样,负责国家沉重的军务国防,可以写《渔家傲》"将军白发征夫泪"的苍老悲壮,也可以写下《苏幕遮》中"酒入愁肠,化作相思泪"这样情深柔软的句子。

也许不只是"写下",他们生活周边有乐工,有唱歌的女子,她们唱《渔家傲》,也唱《苏幕遮》,她们手持琵琶,她们有时刻意让身边的男子忘了外面家国大事,可以为她们的歌曲写"新词"。新词是一个字一个字填进去的,一个字一个字试着从口中唱出,不断修正。"词"的主人不完全是文人,是文人、乐工和歌伎共同创作的吧。

了解宋词产生的环境,或许会觉得,我们面前少了一个歌手。这歌手或是青春少女,手持红牙檀板缓缓倾吐柳永的"今宵酒醒何处";或是关东大汉,执铁板铿锵豪歌苏轼的"大江东去"。这当然是两种不同的美学情境,使我感觉宋词有时像邓丽君,有时像江蕙。同样一首歌,有时像酒馆爵士,有时像黑人灵歌。同样的旋律,不同歌手唱,会有不同诠释。鲍勃·迪伦的"Blowin'in the Wind"(《答案在风中飘》),许多歌手都唱过,诠释方式也都不同。

面前没有了歌手,只是文字阅读,总觉得宋词感觉起来少了什么。

柳永词是特别有歌唱性的,柳永一生多与伶工歌伎生活在一起,《鹤冲天》里"忍把浮名,换了浅斟低唱!","浅斟低唱"是柳词的核心。他著名的《雨霖铃》没有"唱"的感觉,很难进入情境。例如,一个长句——"念去去,千里烟波,暮霭沉沉楚天阔"。停在"去去"两个声音感觉一下,我相信不同的歌手会在这两个音上表达自己独特的唱法。"去去"两字夹在这里,并不合文法逻辑,但如果是"声音","去""去"两个仄声中就有千般缠绵、千般无奈、千般不舍、千般催促。这两个音挑战着歌手,歌手的唇齿肺腑都要有了颤动共鸣,"去""去"两字就在声音里活了起来。

只是文字"去去"很平板,可惜,宋词没有了歌手,我们只好自己去感觉声音。

谢恩仁校正到苏轼的《水调歌头》时,他一再问:"是'只恐'?是'唯恐'?还是'又恐'?"

我还是想象如果面前有歌手,让我们"听",不是"看"《水调歌头》,此处他会如何转音?

因为柳永的"去去",因为李清照的"寻寻觅觅,冷冷清清,凄凄惨惨戚戚",我更期待宋词要有"声音"。"声音"不一定是唱,可以是"吟",可以是"读",可以是"念",可以是"呻吟""泣

自序　坐看云起与大江东去

诉",也可以是"号啕""狂笑"。

也许坊间不乏宋词的声音,但是我们或许更迫切希望有一种今天宋词的读法,不配音乐,不故作摇头摆尾,可以让青年一代更亲近,不觉得做作古怪。

在录音室试了又试,梁春美说她不是文学专业,我只跟她说:"希望孩子听得下去。"像听德彪西,像听萨蒂,像听琵雅芙,琵雅芙是在巴黎街头唱歌给庶民听的歌手。

"孩子听得下去",是希望能在当代汉语中找回宋词在听觉上的意义。

找不回来,该湮灭的也就湮灭吧,存在少数图书馆让学者做研究,不干我事。

雨水刚过,就要惊蛰,是春雨潺潺的季节了,许多诗人在这乍暖还寒时候睡梦中惊醒,留下欢欣或哀愁,我们若想听一遍"行到水穷处,坐看云起时",想听一遍"四十年来家国,三千里地山河",也许可以试着听听看,这四本书里许多朋友合作一起找到的唐诗宋词的声音。

2017年2月刚过雨水,即将惊蛰
蒋勋于八里淡水河畔

第一章

大唐盛世

蒋勋说唐诗 上

从王维到李白

诗像一粒珍珠

有一天,语言和文字能够成为一首华美的诗,
是因为经过了这长期的琢磨

讲到唐朝美术史的时候,我有一种很不同的心情,发现完全没有办法解释为什么一到唐朝,在色彩和线条上都出现了如此华丽的美学风格。我常常用"花季"来形容这个历史时期。阎立本、张萱、周昉,这些初唐到盛唐的美术创作者,让我们感觉到他们生命的精神完全像花一样绽放开来。当然,历史本身是延续的,在此之前自然会有一个慢慢积累的阶段,有很多准备工作一直默默地进行,这个准备阶段可能长达三百年之久,才会水到渠成。

在南北朝分裂时期,陶渊明后的时代,有很多的试验正在为一个大时代的到来做准备。在美术方面,要准备色彩、准备线条、准备造型能力;在文学方面,要准备文字、准备声音、准备诗的韵律与结构,我称其为"漫长的准备期"。

这个准备,特别是文学上的准备,不是很容易发现,因为文学上使用的语言和文字其实经过了长时间的琢磨。比如五四运动前后最早的那批白话文,"的"字用得很多,他们是在强调一种文字和语言的解放,希望在文学中能够看到平常讲话的白话形态。我们平常讲话时,"吗"或者"呢"这些字不见得会读那么重,可是当它们变成文字的时候,会特别触目。"触目"的意思是说,讲话时,"你吃饭了吗?"当中那个"吗",可能只是带出来的一个音,一旦变成文字就跟"吃饭"这两个字同等重要了。在听觉上,这个"吗"只是一语带过,在视觉上,它却有了很高的独立性。可能就是这个反差,使得文字和语言之间,一直在互相

琢磨。

  诗很像一粒珍珠,它是要经过孕育以及琢磨的。我们的口腔里,舌头、牙齿、嘴唇在互动,像蚌壳一样慢慢、慢慢地磨,磨出一粒很圆的珍珠。有一天,语言和文字能够成为一首华美的诗,是因为经过了这长期的琢磨。

  魏晋南北朝的三百多年,就是琢磨唐诗这颗"珍珠"的过程。甚至在陶渊明等诗人身上还可以看到琢磨的痕迹。陶渊明这么好的诗人,我们给予他很高的文学评价,可是以文学的形式美来讲,我其实没有办法完全欣赏他"已经完美"的诗。《桃花源记》是陶渊明一首诗的序,结果流传较广的反而是诗的序,不是诗本身。这种现象很有趣,可能也说明了这首诗在形式上的完美度还没有被琢磨好。魏晋南北朝时,像唐诗那样的文字和语言还处在"练习"的初期。

唐朝是诗的盛世

唐朝不仅在美术史上是一个花季，
在文学史上也是一个花季

唐朝是一个水到渠成的阶段。整个中国文学史上，诗的高峰出现在唐朝。当我们读唐诗时，意思懂或不懂，都不是那么重要，只觉得那个声音是那样好听。唐朝是诗的盛世，诗的形式已经完美到了极致。唐朝不仅在美术史上是一个花季，在文学史上也是一个花季。我们常常说最好的诗人在唐朝，这其中多少有些无奈，仿佛是一种历史的宿命，那么多诗人就像彼此有约定一样先后诞生。换一个角度来看，那个时代在语言和文字方面给诗人们提供的条件实在是太好了。如果反身看我们自己，就会发现白话文运动之后的汉语文学，不是处在像唐朝那样的黄金阶段，而是比较像魏晋南北朝初期的状态。

文学比美术对我们的影响要深。我们从来不会想到自己脱口而出的那个词、那句话其实是唐朝的语言。台湾早期民谣歌手陈星的《劝世歌》很像唐诗七言句的"二二三"结构，而且押韵，四个句子一韵。《春江花月夜》里面的"春江潮水连海平"就是"二二三"的句式。

每个时代都对中国文学做出了自己的贡献。"四言诗"怎么变成"五言诗"？"五言诗"怎么变成"七言诗"？几百年间，不过在解决这些小问题而已。文化的工作非常艰苦，可是这些小问题一旦解决，就会一直影响我们。

当诗变成了成语、格言的时候，会对人产生更直接的影响。虽然宋朝之后，文学有小小的变迁，但唐诗在民间已经变成一个根深蒂固的美

学形式。清代以后,几乎许多人手上都有一本《唐诗三百首》。甚至在看戏时也会接触到诗的形式,那些旧戏,无论是川剧、河南梆子,还是歌仔戏,人物一出场,就要念"定场诗"。所以,唐诗不仅影响读书人,也通过戏剧传唱,在不识字的庶民世界里产生了影响。

新绣罗裙两面红，
一面狮子一面龙

经过了三百多年的融合，
所有的语言终于到了一个不尴尬的状态

  每当我去马来西亚或其他地方，看到庙宇里的对联，听到那些老先生吟出的诗句，就感觉到中华文化的根深蒂固。之所以讲"根深蒂固"，是因为这个文化系统不是通过正规的学校教育系统、阅读系统去传承，而是演变为传唱的模式。有次我和云门舞集的人一起去台湾美浓，当地那些从来没有读过书的老太太，站起来唱的是"新绣罗裙两面红，一面狮子一面龙"，不但整齐，而且押韵。我一听就感觉里面有一种与唐诗一脉相承的东西，而且充满了色彩感，充满了一种华丽的美学追求。

  我认为当文学变成一门专业课程，也就走入了无生命的坟墓。文学当然需要被研究、被分析，可是当文学变成研究物件的时候，也说明它到了"博物馆时期"，不再是活在民间的一种力量。所以，我们应当进行专业研究，但更应该投入心力去关心那些活在民间、走在路边的人，关注他们口中的语言模式和文学传统之间存在什么样的关系。

  我非常希望大家能感受到我们自身语言中所存在的内在冲突。比如我们这一代的语言，有很多发音、很多使用声音的模式和节奏都受到英文的影响。再早一辈台湾人，受日本文化影响很大，不是说他们一定读过川端康成或者三岛由纪夫，而是指那代人所接受的教育，以及他们在成长时期所接触到的声音模式。

  我有时觉得我们仿佛正处于魏晋南北朝前期，因为我们在试验新文学。最好的文学，或者说形式与内容完美配合的文学，为什么不会在魏晋南北朝前期出现？可能是因为当时的语言太复杂了。我们不要忘记那是"五胡乱华○"的年代，有人讲匈奴的语言，有人讲鲜卑的语言，有人讲羯族的语言，有人讲羌族的语言，在那样一个语言大混乱（融合）的时期，大家其实还在磨那颗珍珠，没有时间去讨论什么叫作"完美形式"的文学。这也可以解释为什么完美的诗会在唐朝出现，因为经过了三百多年的融合，所有的语言终于到了一个不尴尬的状态。

○ "五胡"指匈奴、鲜卑、羯、羌、氐五个胡人的游牧部落联盟。西晋王朝因宗室子弟手足相残造成中原政权衰弱空虚之际，居住在塞北地区的多个游牧部落联盟趁机大规模南下，在现在的青海、甘肃、宁夏、内蒙古、陕西、山西、河北等地区"见缝插针"地建立起胡人国家，形成与中原政权对峙的局面，史称"五胡乱华"。

菩提萨埵与水到渠成

累积了很长时间,同我们的身体、
呼吸已有共识与默契的语言和文字,才叫作文学

菩提萨埵的梵文发音是"Bodhi-sattva",当初翻译的人努力把它翻译出来,告诉大家这个声音的意思。那是一个生命的状态,是一个有情的生命在觉悟自己生命的价值。Bodhi-sattva被翻译成"菩提萨埵",起初当然很怪异,要把这个词变成文学很难,但"菩萨"在今天不但是两个美丽的文字,还会带给大家很大的感动,因为大家都知道"菩萨"是什么。

在我看来,那些累积了很长时间,同我们的身体、呼吸已有共识与默契的语言和文字,才叫作文学。文字和语言刚开始只是为了传达意思而存在,表达意思的过程可能很粗糙、很累赘,也很可能词不达意,但是慢慢地,大家就有了一个固定的共识。比如说成语越多的民族,说明它在文学上模式性的东西越多、越固定。水到渠成、根深蒂固……这些都是成语,我一说,你就知道我在讲什么,因为里面累积了习惯性的文化模式。但要把它们翻译成另外一种语言,并不太容易。

当我谈到初唐的诗歌创作,会特别用"水到渠成"来形容。当然也可以说,我对活在那个年代的诗人充满了羡慕和嫉妒,他们似乎天生就是要做诗人的,因为当时的语言和文字已经完全成熟了。我们今天再怎么努力,也不可能是李白,因为我们的时代不是李白的时代。我们没有一个完美的语言背景,也就是说"水"还没有到,所以"渠"也不可能成。

文学史的继承关系,和大自然一样有春夏秋冬。唐朝是花季,花季之前一定是漫长的冬天。在冬天,被冰雪覆盖的深埋到土壤里的根在慢慢地做着准备。

第一章 大唐盛世

魏晋南北朝三百多年,应该有很多诗人,像谢灵运和鲍照,为什么今天在大众口中留下名字的这么少?为什么到了唐朝,在短短的开元、天宝年间,文学史上最好的诗人都出来了?这就是花季。花季未到的时候,要期待花开,是非常难的。

陶渊明也不是花季当中的花,他只是努力地准备花季要出现的一个信号而已,他的诗歌形式并不完美。"人生无根蒂,飘如陌上尘",给我们的感动,是内容上的感动。他在诗歌形式方面并没有大突破,五言诗的形式汉朝就有,他并没有开创新形式。陶渊明有时候使用四言写诗,比如《停云》,是《诗经》的模式。陶渊明在内容上有很多哲学性的创造,可是在形式上并没有别开生面,文体上没有开创性的突破。

当时,"骈体文○"已经有了,它有另个名称,叫作"四六体",就是用四个字与六个字的排列方式去汇编语言的节奏。写骈体文的鲍照、江淹等人,也在琢磨那颗珍珠,也在试验语言和文字有没有新的可能。像庾信的《哀江南赋》,在形式上就做了很多试验。这些诗人有点像五四运动以后的诗人。魏晋南北朝的一些人虽然在今天不是特别被看重,但这些默默无闻的寂寞的少数人,是在做文学试验的人。

○骈体文,文体名,与散文相对,也叫骈文。因其字句皆成对偶而得名,其以四字、六字相对为基本句法,别称"四六文"。讲究声律的调谐、用字的绮丽、词汇的对偶和用典。

文学的内容与形式

不能用内容代替所有形式上的完美。
形式不完美，文学是不能成立的

　　文学有两个部分，一个是内容，另一个是形式。比如，内容是说我渴望爱，因为没有爱而空虚。可是光有爱的渴望和爱的失落，不一定能产生诗。《诗经》里的"昔我往矣，杨柳依依。今我来思，雨雪霏霏"，把爱的渴望与爱的失落变成了十六个这么精简的文字，所以形式当然是重要的。如果我们说，因为徐志摩感情非常充沛，所以他是诗人，这里面的逻辑就有问题。我们的感情都很丰沛，可是我们未必可以变成一个诗人。诗人是在某种情感当中，可以把自己的语言变成偶然的一个句子，也就是说在某一个时期写出一句诗，而且这句诗让读到的人有共鸣，觉得它表达了一个时代里对爱的渴望和失落。

　　每个时代都有自己的流行歌，每个时代最好的诗都是流行歌的形式，在大众当中可以引起很大的共鸣。如果一个人写的诗只是在小部分人当中流传，还不能够把个人情感与大众进行对话呼应，那我称之为"还在琢磨形式的诗人"。我们讲的《诗经》和汉乐府里面那些好诗，其实不是我们今天所说的拥有诗人身份的人写出来的，那些诗其实是民歌。扎根在民间，与大众对话，然后去表达大众的孤独、哀伤与追求，这是诗非常重要的一个传统。

　　在魏晋南北朝时期，我们可以看到有的人关心文学的内容，不要修饰，不要有任何形式上的思考。可是所谓不要修饰是最难的。朱自清的《背影》是我看过的好的文学，它简单到好像没有形式。我们认为的不修饰，其实是文学上最难的形式。朱自清放弃了形式上的造作、词汇上的难度、音韵上的对仗,直接面对眼前所看到的画面去白描。白描,其实是非常难的技巧。

有没有一种文学的内容与形式是完全分开的?其实非常值得怀疑。所有文学的形式与内容之间的关系,都没有办法割裂开来谈。当我们的情感和经验都足够时,形式上到底要怎样去表达?它们能不能变成一部小说?能不能变成一篇散文?能不能变成一首诗?形式出来以后,与内容不相违背,还能把内容扩大,与其他内容产生互动,这个时候我们就会发现,形式恐怕是值得思考的。

19世纪中后期,一些大胆的艺术家提出"为艺术而艺术",他们的意思是说,形式是非常重要的,一个画家、一个诗人,不能用内容代替所有形式上的完美。形式不完美,文学是不能成立的。

前不见古人，后不见来者

只有在辽阔当中，
才会感觉到自己的生命状态与平常不同

　　唐朝的诗人很奇特，他们可以同时表达孤独和自负。通常我们会觉得这两种情绪是矛盾的，一个人如此骄傲，觉得这个世界上没有谁比他更精彩；但同时他又感觉到好大的哀伤，因为自负之后觉得好孤独。有时我们很想把自负又孤独的感觉说出来，可是说不清楚。然而，在唐朝刚开始的时候，有个人说"前不见古人，后不见来者"，自负感和孤独感全部出来了。

　　为什么长久以来，没有人发现"前不见古人，后不见来者"？为什么是陈子昂在《登幽州台歌》里说出了这两句诗？唐朝在历史上就是一个"前不见古人，后不见来者"的时代，这里面又有好大的哀伤与孤独。立于历史的高峰上，陈子昂立刻就把时代的声音传达出来，我甚至觉得这已经不仅仅是专业领域里的文学。我曾经好几次在戏台上看到一个老生出场时，袖子一甩，口中念道："前不见古人，后不见来者。"陈子昂是在讲苍凉，讲历史上的苍凉时刻，里面充满了自负、骄傲，同时又充满孤独感。

　　李白也是如此。李白骄傲自负到极点，可是同时又有很大的自怜与孤单。"对影成三人"说的是和自己的影子相对的孤单感觉。唐朝很多诗人都有这种特征，就是巨大的自负与巨大的孤独，这当然也是时代的特征。陶渊明写过"斗酒聚比邻"，一有酒就把邻居都叫来一起喝，可是盛唐的时候我们不太能看到这种情景。当时的诗人自负到不是在人间喝酒的感觉，他们不断地往大山的高峰走，把自己放在最孤独的巅峰上。那个时候诗人感到荒凉与孤单，因为这是他们和宇宙之间的对话。

　　宗白华的《美学散步》里面有一篇文章，谈到了初唐的宇宙意识，闻

第一章　大唐盛世　013

一多也谈过唐诗的宇宙意识，分析初唐诗人有一种把自己放在宇宙里面去讨论的格局。这种格局在魏晋南北朝时期还没有形成。魏晋南北朝后期，"宫体诗"盛行。这是一种在宫廷中形成的文体，非常华丽，讲究辞藻的堆砌。可到了唐朝，格局变大了。诗人与月亮、太阳、山川对话，整个生命意识都被放到巨大的空间中，就会感觉到骄傲、悲壮，就会有宇宙意识，同时又感觉到如此辽阔的生命并不多，所以就出现了巨大的苍凉感。

"前不见古人，后不见来者"就是把自己放置在时间的洪流当中，看不到前面的人，也看不到后面的人。陈子昂讲的不仅是人，更是自己视觉、知觉上的辽阔。只有在辽阔当中，才会感觉到自己的生命状态与平常不同。在人群拥挤的环境里，会碰到很多是非，会纠缠在是非当中。如果把自己放到荒漠中，又会怎么样？我曾经去过戈壁，从乌兰巴托往南走到戈壁，前后大概有四天时间，在荒漠中完全看不到人为的建

筑,所有的风景几乎是停滞的状态,那个时候就会感觉到唐诗里的苍茫与辽阔。

唐朝产生了大量的"边塞诗",也就是"边疆塞外诗"。唐朝在开国时,国力有很大一部分消耗在北方用兵上,而唐朝又是从山西这个地方发展起来的,按照黄仁宇的"大历史观",这里刚好是农业区与游牧区的分界线。知识分子有机会跟着开疆扩土的军队到塞外,所以有很多诗都是描写塞上、出塞。文人和军队一起出去,是因为要负责"书记"的工作,比如王维的《使至塞上》,就是他身为使节到塞外宣慰将士而作的一首诗。

盛唐时,诗人的视觉与生命经验来自辽阔的土地。南朝的时候,中国文人的梦想是回到田园,比如陶渊明的《归去来兮辞》。回到田园也就是回到农业社会,其中有温暖、有人情,可是这种人情温暖也让诗人缺乏了面对宇宙时的孤独感。唐朝文学并非全然袭自南朝文学,而与北方多有关联。当时的诗人把真正的生命经验带到荒漠当中,荒漠当中的生命是用另外一种宇宙观去看待生命状态的。我们今天很难写出"大漠孤烟直,长河落日圆",因为我们没有这样的视觉体验。"大漠孤烟"描述的是看到辽阔的地平线上一缕烟升起来,唐诗给我们最大的感觉就是空间和时间的扩大。

诗人的孤独感

他宁可是孤独的，因为在孤独里他还有自负

空间和时间的扩大，使原本定位在稳定的农业田园文化的汉文学，忽然被放置到与游牧民族关系较为密切的"流浪文化"当中。我们从李白身上看到很大的流浪感，不只是李白，许多唐朝诗人最大的特征几乎就是流浪。在流浪的过程中，生命状态与农业家族的牵连被切断了，孤独感有一部分就源于不再和亲属直接联系在一起的状态。

安史之乱以前，李白与王维都有很大的孤独感，都在面对绝对的自我。在整个汉语文学史上，面对自我的机会非常少，因为我们从小到大的环境，都要面对亲族关系，生活在一个充满人的情感联系的状态里。我们不要忘记人情越丰富，自我就越少。我们读唐诗时，能感受到那种快乐，是因为这一次"自我"真正跑了出来。李白是彻头彻尾地面对自我，在他的诗里面很少读到孩子、妻子，甚至朋友的描述也不多。他描述自己和宇宙的对话：五岳寻仙不辞远，一生好入名山游。李白的诗里一直讲他在找"仙"，我觉得这个"仙"是他心目中完美的自我。只有走到山里去，他才比较接近那个完美的自我。到最后他也没有找到，依旧茫然，可是他不要再回到人间，因为回到人间，他觉得离他想要寻找的完美自我更遥远。他宁可是孤独的，因为在孤独里他还有自负，如果他回来，他没有了孤独，他的自负也就会消失。李白一直在天上和人间之间游离。他是从人间出走的一个角色，先是感受到巨大的孤独感，然后去寻找一种属于"仙人"的完美性，可是他并没有说他找到了，大部分时候，他有一种茫然。

初唐时期就是在为李白这种诗人的出现做准备,其中很重要的一点,就是边塞诗的发展。

边塞诗非常重要。中国文人很少有机会到塞外去,很少有机会把生命放到旷野上去冒险,去试探自己生命的极限。宋朝以后,文人写诗大多是在书房里。我觉得唐诗当中有一种精神是出走和流浪,是以个人去面对自己的孤独感。当时的诗人到塞外是非常特殊的经验,诗人们在这之中激发出自己生命的巨大潜能。初唐诗的内在本质,很大一部分是诗人与边塞之间的精神关系。唐朝开国的李氏皇族有鲜卑血统,他们通过婚姻促使汉族与游牧民族不断融合,产生了与农业社会不同的生命情调。

游牧民族的华丽

唐朝却是一个觉得美可以被大声赞美的时代

农业社会像是将种子放到土里，等着它发芽。农业社会孵育了稳定的个性，"稳定"同时可能是保守，也可能是封闭。只有开始去冒险，才能打破农业的固定性与封闭性。唐朝很有趣的一点是开国的皇族有意识地去接纳外族，尤其是游牧民族，皇族的母系当中就有少数民族血统。唐朝美术作品中的女性造型，肉体那么饱满，可以暴露出来，放到其他朝代都令人侧目。在汉族的文化伦理占主导地位的时候，大概从来没有那样大胆的服装。武则天、杨贵妃，她们身体的饱满性根本就是"胡风"。

唐朝的开阔性与生命的活泼自由，刚好违反了我们所熟悉的汉族农业伦理。汉朝是《古诗十九首·行行重行行》里的"努力加餐饭"，是《饮马长城窟行》里的"长跪读素书"，非常有农业社会的特色。可是唐朝有一种游牧民族的华丽，游牧民族的歌舞多半非常强烈，似乎在追求一种感官上的愉悦。

陕西西安出土的鲜于庭诲墓里有一个"骆驼俑"，骆驼上铺了一块毯子，上面有个小舞台，有五个人在上面，其中一个男的在跳舞，这表现的就是当时的乐团。唐朝的出土文物里时常看到大胡子的阿拉伯人形象，很少有汉族。我常常说，公元7世纪时，地球上最大的城市是长安。这样一个城市绝对比今天的纽约还要惊人，当时世界各国的人都集中在那里，形成一个国际化都市。在这种混杂的文化当中，有一种非常特殊的非汉族美学。汉族美学的代表可能是乐府诗和陶渊明描绘的回归田园、回归土地。李白的叛逆与个性大概是农业文化所不能忍受的，武则天也是。儒家《大学》里讲的一句话叫"十目所视,十手所指,其严乎",就是很多眼睛在看你,很多手在指你,人活在严密的监督之中。

我们今天的社会也还有这种源于农业社会的世俗伦理,喜欢谈别人的是非八卦,对个人有很多束缚。游牧社会就相对个人化,别人怎么看没那么重要。初唐的边塞诗中,个人的孤独感与胡风相混杂,构成了一种很特殊的个人主义,所以唐诗多具浪漫主义文学的风格。浪漫当然是因为诗人得到了巨大的解放,不再活在伦理当中,而是活在自然里。他们面对的是自然,在大自然中诗人实现了自我完成。

从边塞诗又发展出与南朝有关的"贵游文学",贵游文学非常敢于描述生活上的挥霍与奢侈,非常华丽。之前的汉乐府诗都较朴素,就像生命简单到没有任何装饰。在农业伦理当中,大家很怕特殊性,喜欢共同性,朴素、勤俭成为一种美德。一个人违反道德系统后,就会被议论。议论可能比指责还可怕。贵游文学却是在夸耀生命的华美,头上的装饰、身上的丝绸、生命中的一掷千金,如李白《将进酒》中说的"五花马,千金裘,呼儿将出换美酒"。这样的句子在农业伦理中很难出现,这就是"贵游文学"。

唐朝的文化有非常贵族化的部分,很强调个人的"物竞天择",生命可以在面对自然的时候把自己的极限活出来。那是一个在"物竞天择"的自然规律中应该被赞美的生命,就像花要开一样,如果花不开,而是萎缩,是不道德的。农业伦理真是非常神奇,里面有一种道德性,认为美是一种骚动,美是一种不安分,所以它非常害怕美。唐朝却是一个觉得美可以被大声赞美的时代。

唐诗里的残酷

唐朝灿烂华丽，有很大的美令人震动。
这种"物竞天择"是既豪迈又残酷的

　　游牧民族有着挥霍、豪迈的天性，很可能是因为他们靠打猎为生，如果猎到一头野兽，可能是当天宰割，然后吃掉。我去戈壁沙漠的时候就遇过这样的场景。因为那个地方很少有外人去，所以当地人很高兴，立刻开始抓羊，然后现场杀羊。我们平常看到宰割动物的场景会不忍，会难过，那时却完全没有这种感觉，因为在朔风当中，在寒凉的旷野，只会感觉到一种悲壮。当地人技术娴熟，先是切割羊咽喉部位的皮，然后整个剥开来，一点血都没有流。他们把羊切成大块，丢到大铁桶里，你会感觉到里面有一种唐诗的精神状态。这个精神状态，可以叫豪迈，也可以叫残酷。物竞天择是自然规律，在大自然中和野兽搏斗的过程，绝对不是农业道德的范畴。在内蒙古，我们看那达慕赛马，六七岁的小孩，没有马鞍，抓着马鬃，一下就从马肚子底下过去了，这对我们来说简直是神奇的特技，可是当地的孩子都是这样长大的。

　　那个时候我开始重新思考，唐朝开国的精神当中，有一部分是我一直不了解的，我总觉得唐朝灿烂华丽，有很大的美令人震动。有了这些体验之后，我才明白这种"物竞天择"是既豪迈又残酷的。唐朝最了不起的帝王是唐太宗，他与哥哥建成太子争夺皇位时，发动"玄武门之变"，把两个兄弟杀死了，然后去向父亲李渊"请罪"。李渊当然也不是等闲之辈，立刻就决定退位做太上皇。

　　"贞观之治"开创了一个伟大的时代，可是完全不遵循农业伦理，农业伦理不会接纳唐太宗这种取得政权的方式。这当中有一种"物竞天择"

的生命状态，生命就是要把极限发展出来，是非常个人化的东西。唐太宗之后的武则天，也是用非农业伦理的"残酷"的方法取得了皇位。

这些残酷本身也是唐朝的灿烂与华丽里面非常惊人的一部分。那种在自然当中与所有生命搏斗的精神，绝对不是农业伦理。农业伦理是人定居以后和土地之间的依赖关系，不存在土地依赖关系的时候，生命会处于荒凉的流浪当中，这个生命必须不断活出极限，不断爆发出火焰。

我们都感觉到唐诗好迷人，里面的世界好动人。也许是因为刚好唐诗描写的世界是我们最缺乏的经验，在最不敢出走的时候去读出走的诗，在最没有孤独的可能的时候读孤独的诗，在最没有自负的条件时读自负的诗。回想起来，我在青少年时代喜欢"贵游文学"，是因为经常都要被迫剪头发，只要裤管宽一点就要被教官叫出去训很久。在我们的成长过程中，完全没有唐诗的背景，可能因此唐诗才变成那个时候最大的安慰。那时的我们觉得自己心里有一个唐诗的世界，是可以出走的，可以孤独的，可以流浪的，仿佛有一天会和这些是非一刀两断。我也相信唐诗在我的生命里产生了非常大的影响，也许到今天都还是最重要的美学形式，它不断让我从人群当中离开。我在翻阅唐朝历史的时候，觉得每个生命都是在最大的孤独里面，实现了自我完成。

侠的精神

流浪性的侠的生命经验慢慢累积起来，
变成了初唐的一种宇宙意识

唐太宗李世民身上有一种很奇怪的孤独感。他开疆拓土，建立了伟大的功业，被尊奉为"天可汗"。他一生钟爱王羲之的《兰亭集序》的艺术情境，向往那种"天朗气清，惠风和畅"的世界，希望回到文人那种最放松、最无所追求的生命情调，这是很荒谬的组合。曹操身上就已经有这种两极性。唐太宗写过《温泉铭》，书法很漂亮，他在追求王羲之的世界。这种复杂性构成了初唐时期很特殊的生命经验。我们忽然看到每一个个体都有机会通过水到渠成的文字形式，把内心的生命经验完整地抒发出来，比如陈子昂的"前不见古人，后不见来者。念天地之悠悠，独怆然而涕下"。我们今天活着，不见得会觉得天地悠悠与我何干，可是唐朝诗人所体会到的宇宙意识使每个人都觉得天地悠悠与自己的生命有关。这是空间与时间的放大状态。

从注重视觉经验和身体经验的"边塞诗"，到书写奢侈与华美的"贵游文学"，再到"侠"，这是初唐文学的发展脉络。初唐时候，很重要的一种生命风范就体现在"风尘三侠"身上。在唐传奇里，虬髯客将资财赠予李靖和红拂女，请他们帮助真命天子建功立业，随后潇洒离去。这里面有一种侠的精神，肝胆相照。该走的时候他就走了，没有任何人世间的依恋。

侠的精神来自春秋战国的墨家，凡是侠大概都有动摇天下的可能性，所以中央政权稳定的时代都很忌讳侠。可是继位之前的唐太宗，身边全是侠，他取得帝位以后这些人就离开了。他们觉得自己不是治国的人才，宁愿去浪迹天涯，这中间就有了美学意义。现在舞台上有很多故事来自《隋唐演义》,有一出戏叫《锁五龙》,就是讲帮助秦王李世民变成唐太宗的这些侠之间的某种生命关系,非常豪迈。侠的精神后来在李白身上也非常明显,李白一生当中只希望变成两种生命形态:一个是仙,另一个是侠。一方面,他梦想求仙,往来炼丹道士;另一方面,他勤于练剑,结交侠士。从讲究勤劳、节俭的农业伦理去看李白,他全部不合格,然而流浪性的侠的生命经验慢慢累积起来,变成了初唐的一种宇宙意识。

唐朝是一场精彩的戏

我不相信武则天是一个超人,
我相信是那个时代给了她这个可能性

  初唐时的人有很特殊的生命经验,比如唐太宗,他身上具备很复杂的传奇性,连取得皇位都是通过非常可怕的手段。他的生命经验把农业伦理中的父子、君臣关系完全打破。他不相信"你是我的臣子,所以你要服从我",而是相信"你要服从我,是因为我的潜能得到了完全的开发"。

  在物竞天择的世界,这不过是争夺的结果。农业伦理当中会有所节制,虽然也是斗争,可是会伪装。而唐朝有一种血淋淋的直接,无须伪装,这和之前提到的"胡风"有关。受游牧民族文化的影响,唐朝的政权形态与之前的朝代有很大不同。

  大多数朝代的文学形式会要求一种稳定,因为在农业伦理里面,通常人一生下来,位置就已经定好了,如果排行老二,就不要去想做皇帝,这是已经安排好的事情,所以不必去争夺。可是唐朝不是,初唐时对皇位的争夺非常激烈,武则天也是一个很明显的例子。她的精彩在于她是女性,中国文化从来没有承认过女性可以成为皇帝,再强也只能垂帘听政,武则天连帘子都不要,这才是革命。只要垂着帘子,就不是革命,因为这表示必须假借男人来掌权。武则天直接走出来,在历史上独一无二。我不相信武则天是一个超人,我相信是那个时代给了她这个可能性。那个时代的男子都不是等闲之辈,最后信服她,很可能是她有治理国家和使用人才的能力。唐朝真如一场精彩的戏,所有的演员都精彩,无论我们喜欢不喜欢,都不得不承认它真是够精彩。

第二章

春江花月夜

蒋勋说唐诗 上

从王维到李白

唐朝是汉文化一次短暂的度假期

唐朝为什么会带给我们感动?
因为唐诗里有一种灿烂与华美

　　看到一朵花开放时,非常灿烂,非常华美,可是我们大概没有办法了解一朵花开放的辛酸。它那么渴望生命完成的过程,但怎样去完成?它经历了哪些冰雪、霜雹和风雨?我们要看花的华丽,却不要看花得以完成的残酷,其实是不可能的。残酷,被我们自己过滤掉了。农业文化到最后是相濡以沫的状况,当灾难来临,我们会感觉到巨大的无助、无奈,生命个体的强度也无济于事。

　　所以,我们处在一个巨大的矛盾之中,那就是生命的个体强度和群体的相互依赖感之间,常常找不到平衡。为什么会出现那样的唐朝?很可能是因为群体的依赖感到了一定程度,个人的潜能已经无法得到释放,所以它出现了。

　　唐朝为什么会带给我们感动?因为唐诗里有一种灿烂与华美,同时我们也知道这只是在美学上做了一个平衡和提醒,不必担心在现实当中会产生某些"副作用"。唐朝是"副",而不是"正",我们文化的正统仍是农业伦理。唐朝就像汉文化一次短暂的度假期,是一次星空下的露营,人不会永远露营,最后还是要回来安分地去遵循农业伦理。为什么我们特别喜欢唐朝?因为回想起来,往往一年最美的那几天是去露营和度假的日子,唐朝就是一次短暂的出走。我一直觉得《春江花月夜》是初唐最辽阔的一首诗,希望跟大家探讨这首诗所表现的宇宙意识。

春江花月夜

春江潮水连海平,海上明月共潮生。

第二章　春江花月夜

滟滟随波千万里，何处春江无月明！
江流宛转绕芳甸，月照花林皆似霰；
空里流霜不觉飞，汀上白沙看不见。
江天一色无纤尘，皎皎空中孤月轮。
江畔何人初见月？江月何年初照人？
人生代代无穷已，江月年年望相似。
不知江月待何人，但见长江送流水。
白云一片去悠悠，青枫浦上不胜愁。
谁家今夜扁舟子？何处相思明月楼？
可怜楼上月徘徊，应照离人妆镜台。
玉户帘中卷不去，捣衣砧上拂还来。
此时相望不相闻，愿逐月华流照君。
鸿雁长飞光不度，鱼龙潜跃水成文。
昨夜闲潭梦落花，可怜春半不还家。
江水流春去欲尽，江潭落月复西斜。
斜月沉沉藏海雾，碣石潇湘无限路。
不知乘月几人归，落月摇情满江树。

第一句的"平"，第二句的"生"，以及第四句的"明"，都是用同一个韵。全诗共三十六句，每四句是一个韵，一共用了九个韵，构成了非常完整的结构形式。经过魏晋南北朝三百多年的琢磨，形式与内容之间的完美关系终于实现了。

《春江花月夜》⊙的作者是张若虚,他的诗作留存下来的非常少,可是后人提到这首诗,称它是"以孤篇压倒全唐之作"。诗人做到这样真是很过瘾。基本上我不把《春江花月夜》看作张若虚个人化的才气表现,而是强调初唐时期人的精神有一种前所未有的辽阔,在空间和时间上都开始伸展。

有一首民乐的曲子就叫《春江花月夜》,其实它早先的名字叫《夕阳箫鼓》,很多中国画家也爱画这个主题。张若虚写了这首诗以后,"春江花月夜"这个名称就延续下来了,变成了美好时光、黄金岁月的代名词。

"春江花月夜"到底是什么意思?在五言诗当中,习惯于"二"和"三"的关系,很多人会认为断句的时候应该断在"春江"两个字后面,下面是"花月夜","春"是在形容"江",翻译成白话就是春天的江水。我们的语言比较复杂,一个词可以是形容词,也可以是动词,还可以是名词。用汉语写诗的时候,常常由词性本身带来一种暧昧风格。如果将"春江"理解为春天的江水,那"花月夜"的中心词就应该是"夜"——有花有月亮的夜晚,听起来其实挺俗气的。

可是汉语文学的有趣之处在于汉语是一个字一个音(或多个音),所涵盖的内容几乎形成了一个画面,而不只是一个词语。最有趣的是,"春

⊙ 古典乐曲《春江花月夜》早在1875年以前就流行于民间,原是一首著名的琵琶独奏曲。名为《夕阳箫鼓》,又名《浔阳琵琶》《浔阳夜月》《浔阳曲》等。历史悠久的琵琶曲《夕阳箫鼓》最早的乐谱出自清代琵琶名手鞠士林的手抄谱。"箫鼓"是古代的一乐种"鼓吹"的别名,是汉代以后盛行的宴乐或军乐,主要由鼓、箫、笳等乐器演奏。《夕阳箫鼓》描绘的是傍晚时刻渔船归来时在船头演奏箫鼓的情景,但采用琵琶来模拟箫鼓演奏抒情性音乐,别有一番风味。

第二章　春江花月夜　

江花月夜"这五个字全部是名词：春天、江水、花朵、月亮、夜晚。我将这五个名词看作一首交响曲的五个乐章，整首曲子有五个主题，分别是春天、江水、花朵、月亮和夜晚，它们之间发生了三棱镜般的折射关系。这首诗之所以迷离错综、意象丰富，是因为五个主题都是独立而又互相呼应、折射的。

生命的独立性

在美学的层次上,
每一个生命都可以欣赏另外一个生命,
这才是"花季"出现的原因

在唐诗之中,生命的独立性是受到歌颂的。在历史上,如果我喜欢武则天这个角色,和她是否取得了政权没有必然联系,而是因为我看到她对自己独立个性的完成。《春江花月夜》之所以美,是因为它在充分的自我独立性当中,去欣赏另外一个完全独立的、与自己不同的生命状态。不懂欣赏与自己不同的生命,不会懂唐朝的美。

这里面的美学意识非常现代。20世纪初,巴黎有一个永远都是楚楚可怜的女画家,名叫玛丽・洛朗桑(Marie Laurencin),有人喜欢她,有人不喜欢她,但大家都尊重她。还有一个俄国来的移民叫柴姆・苏丁(Chaim Soutine),穷到每天去做苦力,在码头上搬东西,然后回家画画,他喜欢画被宰杀后的牛。洛朗桑与苏丁如此不同,可是他们同时在巴黎,而且可以做朋友,认为彼此代表的是"巴黎画派"❍中不同的美学。

唐朝也有这样的特质。武则天在取得政权的过程当中,最大的障碍是一个姓武的人要去抢夺李姓政权,自然会招致反扑。徐敬业等人要讨伐

❍20世纪的法国巴黎包含了印象主义、后印象主义、立体主义、野兽主义、荷兰风格派以及德国表现主义等诸多艺术流派。在当时的法国巴黎,聚集了欧洲各地和一些来自东方的艺术家,他们追寻自己的艺术理念,除了保持自己本民族鲜明的特点,也相互欣赏与学习。同时,这些年轻的艺术家不隶属任何流派,他们各抒己见,百花争艳,被后世称为"巴黎画派"。

第二章　春江花月夜

武则天,必须先将武则天的种种不是昭告天下,为自己争取舆论支持,就像现在报纸上的社论一样,表示自己出兵名正言顺。骆宾王的《为徐敬业讨武曌檄》就是这样一篇"社论"。武则天作为一个有雄才大略的执政者,读到这篇文章,不仅镇定自若,甚至颇为欣赏骆宾王的才华。

骆宾王的这篇文章写得很真实,环环相扣。武则天出身卑贱——"曾以更衣入侍",但她根本就不在乎这些,因为"我就是这样,关你什么事?"皇帝去世不久,武则天取得政权。"一抔之土未干",皇帝坟墓上的土都还没干,"六尺之孤何托",一个本该继承皇位的李家后代,竟然被废掉了。文章中的语言和思想遵循的全部是农业伦理。

武则天的个性中有孤独意识,有流浪、冒险、叛逆的精神,这与农业伦理遵循的是两种不同的逻辑。所以武则天读着读着,就开始赞美这篇文章,还问是什么人写的,答说是骆宾王。"一抔之土未干,六尺之孤何托?"诉诸农业伦理中的忠孝,当读到这两句的时候,武则天遗憾地说:"骆宾王这样的人才,宰相竟然没有招他入阁,这是宰相之罪啊!"

我每次读到这段,都会有一种惊讶:虽然这篇文章在骂武则天,但她从执政者的角度认为这是一篇好文章。在那样一个时代里,骆宾王有骆宾王自我完成的方式,武则天有武则天自我完成的方式。武则天在自己的孤独当中,会欣赏骆宾王的孤独,而不是处于对立的状态。在现实当中,事关政治的争夺,可是在美学的层次上,每一个生命都可以欣赏另外一个生命,这才是"花季"出现的原因。所谓的花季,就是所有生命没有高低之分,春天、江水、花朵、月亮、夜晚,这些存在于自然中的主题,偶然间因缘际会发生了互动关系,可是它们又各自离去。它们是知己,也是陌路。"下马饮君酒,问君何所之?君言不得意,归卧南山陲。(出自王维的《送别》)"他们总是在路上碰到人,就喝一杯酒,变成朋友,然后擦肩而过,又回到各自的孤独中,这里面的生命意象,没有一点小家子气的纠缠黏着。

与道德无关的生命状态

唐诗中的生命可以彼此欣赏，
是因为每个生命都实现了自我完成

孤独感其实并不容易了解。我们常常讲到孤独，但又害怕与自己生命对话的状态。唐诗中的生命可以彼此欣赏，是因为每个生命都实现了自我完成。我为什么把《春江花月夜》的题目断为春、江、花、月、夜五个词？因为我觉得这是五个不相干的主题。我不喜欢用春天形容江水，也不喜欢用花朵、月亮形容夜晚，因为它们各自独立。这些彼此独立的主题所发生的互动，是五个主题之间的对照。它们相聚又散开，令我们看到宇宙间因与果的互动。

在唐朝，佛教也打破农业伦理。比如"出家"这件事，在农业伦理中，人是没有机会离开"家"的，可是佛教构成一种出离"家"的可能。这里讲的"家"不是家庭，而是农业伦理的结构。在出离农业伦理的过程中，人会完成自我。唐朝是一个佛教兴盛的时代，当然与世俗也有很复杂的关系。要出家的男女在剃度以后，会得到一个证明，叫作"度牒"。出家人有了度牒后，就可以不当兵、不纳税，因为你出家了，个人要修行了。

唐朝的伦理关系与一般的伦理关系非常不一样。宋朝人谈论唐朝时，常用到"秽乱春宫"等字眼，这都是从农业伦理出发得到的结论。唐朝给个人很大的空间，所以当时的人们不会异样看待这类事情。武则天可以在宫里养"面首"，官员们虽不以为然，但还是认为是她私人的事情。这个观点本身就很惊人，在其他朝代是不可能的。我们当然可以说武则天是一个大胆的女人，但最重要的是时代本身提供了条件。

武则天生活的时代背景,个人生命的绽放方式,在读《春江花月夜》的时候,都会令人有所领会。春天、江水、花朵、月亮、夜晚,全部是在大自然中独立出来的生命状态,与道德无关,而是大释放:春天就是春天,春天与道德无关。一条江水有江水的规则,月亮有自己圆缺的规则,夜晚有夜晚的规则,整首诗全是自然现象,把人的视野带入了偌大的宇宙空间。

张若虚是一个文人,当时他或许走到北马南船的交界,看到了春天,面前是大江流水,又刚好是月圆之夜,花也在开放。

在黄昏的时候,站在江边,看到潮水上涨,忽然有很多感慨。"春江潮水连海平"一句中,"春江潮水"是描写春天的江水特别汹涌澎湃的感觉,因为上游的冰雪在融化,所以河流特别澎湃,潮水比平常更大;"连海平"是说潮水恰似和汪洋大海连在一起。张若虚所处的地方或许看不见大海,在我看来,这是因为他的精神状态扩大了。"春江潮水连海平"中的"海"并不是他所看见的,那是生命经验的扩大,诗人用这种蓬勃的空间感,扩大了自身的生命领域。"海上明月共潮生",在第二句,他又做了立体的展开,海上的月亮跟着潮水一起往上涌升。

第一句是平面的展开,第二句是立体空间的展开,所以第一句接近绘画,第二句则接近雕塑,是更大的空间追求。从"连海平"到"共潮生",两个空间都扩大了。张若虚只是一个小小的生命,在宇宙中占据非常小的空间,但是这个空间,可以借用文学、生命的经验得以扩大。

何处春江无月明

天地无私，
最罪恶的生命与最无辜的生命都在天地之间

接下来，"滟滟随波千万里"是说水波一直在发亮，千里万里都有月光照亮的水波。"滟"是什么？是日光或者月光在水波上的反射，水波上所发出的亮光不是颜色，而是一种非常强烈的光线。"滟滟随波千万里"——生命经验又扩大了，我们其实无法看到千万里以外的东西。张若虚在这里讲的不是视觉，而是一种心理状态。

唐诗的一个特征就像之前讲的"前不见古人，后不见来者"，用心理去突破视觉上的极限。《春江花月夜》从一开始，就对我们生命经验的放大进行着催化。第一句已经点出春的主题，"滟滟随波千万里"则是月亮主题与江水主题的对话。接着，"何处春江无月明"，这句话很有趣。张若虚已经不在自身的肉体定位上，而是到了宇宙的高度。在这个地球上，哪一条河不是在春天被月光照亮？如果以电影的角度来看，这是一个俯视镜头。黄河、长江、浊水溪，这个时候都被月亮照亮了。其实也就是"千江有水千江月"○，它不是我们肉眼所看见的，而是意识扩大到宇宙的高度后，发现每一条河流此时都被月亮照到。唐诗继承了老庄思想里的"天地无私"，月亮的光不会说只照哪条河流，不映照哪条河流。很像《金刚经》说的"天眼""慧眼"所见。

○佛家偈语，下一句是"万里无云万里天"，出自宋朝的《嘉泰普灯录》卷十八。

宇宙意识中，没有个人爱恨。老庄思想讲"夫天无不覆，地无不载"，所有的东西都被天空覆盖，都被大地承载。天地无私，最罪恶的生命与最无辜的生命都在天地之间。在唐朝，居于思想主位的不全然是儒家，老庄与佛教对人心也有莫大影响，其相信在人的伦理之外，有更大的天道。老子讲"天道无亲"（《老子·第七十九章》），就是说天道不偏私任何一个人。

"何处春江无月明"是一个自然的宇宙状态，不是从人的角度去阐发。张若虚从人的角度抽离，从宇宙的角度去观照，而宇宙角度是初唐诗真正的角度。我们提起老庄都是他潇洒的部分，很少讲到老庄的本质，"天地无私"与"天道无亲"等于否定了正常的伦理。佛教也是，出家就是出离农业伦理结构，是很"无情"的。儒家相信，生命的完成是在人世间完成，是与父亲、母亲、妻子、儿女一起完成的。佛家不是，它要出离生死，所以，佛家是"个人出离"，老庄则是"独与天地精神往来"，是不跟人往来，不遵从农业伦理。

空里流霜不觉飞

生命里其实有很多东西存在，
但我们常常感受不到

《春江花月夜》是初唐诗中最具有典范性的将个人意识提高到宇宙意识的一个例子。生命经验被放大为宇宙意识，张若虚又通过文学技巧将漫无边际、天马行空的思想拉回来——"江流宛转绕芳甸"。他的面前有一条河流，"宛转"地流过"芳甸"。"甸"是指郊野。为什么叫"芳甸"？因为不种稻子，不种小麦，而是种花。河流弯弯曲曲地流过种满了花的、散发着香味的土地，"江流宛转绕芳甸"将主题变成了"江"与"花"的对话。

下面一句是月亮与花的主题：月照花林皆似霰。这首诗很有趣，一开始是春天，江水在流，然后月亮慢慢升起，潮水上涨。初春时节，空气很凉，夜晚的时候，水汽会结成薄薄的透明的东西在空中飘，也就是"霰"。花有很多颜色，红的、紫的、黄的，当明亮的月光照在花林上，会把所有的颜色都过滤成银白色。我们看到张若虚在慢慢过滤掉颜色，因为颜色是非常感官的，可是张若虚希望把我们带进宇宙意识的本体，带进空灵的宇宙状态。

"空里流霜不觉飞"，非常像佛经里的句子。这里的"空"可以是佛教讲的空，可以是空间上的空，也可能是心理上的空。春天的夜晚会下霜，可是因为天空中布满了白色的月光，所以霜的白色感觉不到了。这是张若虚这首诗中出现的第一个有哲学意味的句子，就是存在的东西可以让我们感觉不到它的存在，听起来很抽象。生命里其实有很多东西存在，但我们常常感受不到，比如死亡一直存在，可是我们从来感觉不到死亡。

"汀上白沙看不见",因为沙洲上的沙是白的,月光是白的,所以汀上有白色的沙也看不出来。这句诗也是在说原本存在的东西,我们根本不觉得存在。开头讲春天、江水、花朵、月亮、夜晚,非常绚烂。这两句诗却一下将意境推入"空白"的状态。

一首完美的诗,需要结构上的精练。从"月照花林皆似霰",到"空里流霜不觉飞",再到"汀上白沙看不见",所有的存在都变成了"不存在"。"江天一色无纤尘",江水、天空全部被月光统一变成一种白色,没有任何杂质。"空"就这样被推演出来,一切都只是暂时现象,是一种存在,可是"不存在"是更大的宇宙本质,生命本质也可能就是这个"空"。不只是视觉上的"空",而是生命经验最后的背景上那巨大的"空"。

"皎皎空中孤月轮",在这么巨大的"空"当中,只有一个完整的圆,即"孤月轮"。读过美术史的朋友大概记得,西方在20世纪20年代到30年代,像彼埃·蒙德里安这些艺术家,一直在找几何图形的本质,与唐诗的状态非常像,就是追问到最后宇宙间还剩下什么。通常我们在现象当中,只能讨论现象当中的相对性,可是当一个文学家、艺术家把我们带到了哲学层面,他就会去问本质的问题,那就是绝对性的问题。

江畔何人初见月？江月何年初照人？

生命卑微地幻灭着，一代又一代，
又有几个人的生命是发亮的，是会被记住的？

"江畔何人初见月？"张若虚在公元7世纪左右，站在春天的江边看夜晚的月亮，然后他问："谁是第一个在江边看见月亮的人？"任何一个黄昏，我们在高雄西子湾看到晚霞，如果问是谁第一个在这里看到晚霞的，那就问到本质了。通常我们很少看到这么重的句子，因为这完全是哲学上的追问，作者忽然把人从现象中拉开、抽离，面对苍茫的宇宙。我们大概只有在爬高山时才会有这种感觉——到达巅峰的时候，忽然感觉到巨大的孤独感，视觉上无尽苍茫的一刹那，会觉得是"独与天地精神往来"。

这种句子在春秋战国出现过，就是屈原的《天问》。屈原曾经问过类似的问题，之后就没什么人再问了，农业伦理把人拉回来，说问这么多干什么？你要把孩子照顾好，把老婆照顾好。汉诗里面会说"努力加餐饭"，唐诗里面的人好像都不吃饭，全部成仙了。诗人问的是"江畔何人初见月"，关心的不是人间的问题，而是生命本质。"江月何年初照人？"江边的月亮现在照在我身上，可是江边的月亮最早什么时候照到了人类？这个句子这么重，所问的问题也是无解。唐诗之所以令我们惊讶，就是因为它有这样的力量，也就是宇宙意识。

陈子昂《登幽州台歌》中的"念天地之悠悠"正是感觉到自己的生命在如此巨大而无限的时空里的茫然。我觉得茫然绝对不仅是悲哀，而是既有狂喜又有悲哀。狂喜与悲哀同样大，征服的狂喜之后是茫然，因为面对空白，不知道接下来还要往哪里去。"空里流霜不觉飞，汀上白沙看不见"，一步一步推到"空"的本质，当水天一色的时候，就变成绝对的

"空"。生命状态处于"空"之中，本质因素就会显现了。神来之笔后，就是平静。张若虚给了一个非常平凡的空间："人生代代无穷已，江月年年望相似。"他完全用通俗的内容把"江畔何人初见月"这么重的句子收掉。

"人生代代无穷已"就是人生一代一代地传下去，没有停止。唐诗好就好在可以伟大，也可以平凡、简单，什么都可以包容。如果选择性太强，格局就不会大。比如南宋的词，大多非常美，非常精致，但包容性很小，通常只能写西湖旁边的一些小事情。而唐朝就很特别，灿烂到极致，残酷到极致。"江月年年望相似"，江水、月亮每年都是一样的，水这样流下去，月亮照样圆了又缺、缺了又圆，是自然当中的循环。

下面一句又是让我们产生思考的句子：不知江月待何人。其中的"待"是指江山有待，诗人觉得江山在等什么人。当陈子昂站在历史的高峰上，说"前不见古人，后不见来者"时，他之所以如此自负，是因为他觉得江山等到他了，在古人与来者之间，他是被等到的那个人。生命卑微地幻灭着，一代又一代，又有几个人的生命是发亮的，是会被记住的？"不知江月待何人"中有很大的暗示，在这个时刻，在这个春天，在这个夜晚，在花开放的时刻，在江水的旁边，诗人好像被等到了。"不知江月待何人"，是"不知"还是"知"？接着前面的"江畔何人初见月？江月何年初照人？"一同透露出的是唐诗中非常值得思考的自负感。

接下来是"但见长江送流水"，水不断地流过去。在中国文化中，水经常象征不断流逝的时间。孔子说："逝者如斯夫，不舍昼夜。"讲的就是时间。"但见长江送流水"的张若虚，觉得宇宙间有自己不了解且更大的时间与空间，刹那间，他个人的生命与流水的生命、时间的生命有了短暂的对话。若说魏晋南北朝一直都在为文学的形式做准备，但始终没有磅礴的宇宙意识出现，那么在《春江花月夜》中，"大宇宙"意识一下就被提高到惊人的状态。

宇宙意识和情感经验

人活在世间有两个难题，一个是宇宙之间
"我"的角色，另一个是人间情感中的角色

  唐朝其实是汉文化少有的一次"离家出走"，个人精神极其壮大。当张若虚问到宇宙的问题时，我们会感觉到他有很大的孤独感，这一刻他面对着自己，面对着宇宙。"江畔何人初见月？江月何年初照人？"透露出洪荒里的孤独感，因为诗人真的在孤独当中，他对孤独没有恐惧，甚至有一点自负。我们在读《春江花月夜》的时候，看诗人一步一步地推进，把很多东西拿掉，最后纯粹成为个人与宇宙之间的对话。"不知江月待何人"中的"待"字一出现，诗的整个格局就得以完成了。你看，无限的时间与空间都在等着诗人，这是何等的骄傲与自负。

  接着从宇宙意识转到了人的主题。"白云一片去悠悠"大概是文学中最简单、最平凡的句子。这首诗若以段落来分，它有两大段，前面一大段是关心宇宙的本质，后面一段是关心人间的情。人活在世间有两个难题，一个是宇宙之间"我"的角色，另一个是人间情感中的角色。这里的"情感"不是伦理中的，而是真正的情感。张若虚在宇宙主题和情感主题之间用了一个比较单纯的转折方法，我想他当时在江边，看到花，看到月亮升起来，于是写诗。诗人抬头看到天上有一片云，"白云一片去悠悠"其实是即景。我最佩服张若虚这首诗的原因是轻与重可以交错到如此自然。通常"语不惊人死不休"以后，真的是无以为继，可是他却平静地说："白云一片去悠悠。"

  "青枫浦上不胜愁"，这里开始触及情绪了。我们不知道他的愁是什么，好像有很多隐情。这个愁这么重，重到他难以负担。

这时候，诗人看到一个人划着一叶扁舟过去，就问"谁家今夜扁舟子"？渔港里有一个划船的人，关我什么事？可是当我问"这个人不晓得是谁的丈夫"时，"谁家今夜扁舟子"就带出了另外一个人——"何处相思明月楼？"一定有个女人在某个月亮满照的楼上，怀念着这个"扁舟子"。这是莫须有的猜想，也许划船的人连婚都没有结。"何处相思明月楼"似在呼应"何处春江无月明"，"何处春江无月明"扩大了宇宙体验，"何处相思明月楼"则扩大了情感经验。这时，我们开始有些明白张若虚"不胜愁"是什么愁了，他的愁是离家的愁，是与自己所爱的人分离的愁。之后他开始用超现实的方法追踪那个女人，"可怜楼上月徘徊，应照离人妆镜台"。这个女人原本只存在于诗人的想象世界，诗人开始悲悯，与毫不相关的"扁舟子"感同身受，生命体验因此得以扩大。

牵连和挂念予生命以意义

这种介于存在与不存在之间的状况既让人哀伤，又让人魂牵梦萦

这首诗一直在转韵，前后用了九次韵。从月亮升起，花朵开放，春天来临，再到春天消逝，花朵凋零，月亮下落，形成一个循环。全诗的结构有一种特殊的完整性。

接下来的四句诗，全部在描写想象中的这个女人。"可怜楼上月徘徊"，"可怜"也是主观推测，想象女子睡不着，月光在一寸一寸地移动。张若虚不是直接描写这个女子，而是从旁边的空间与状态来形容她的孤独感。

"应照离人妆镜台"，闺房的阁楼上，有一面镜子，是这个女子化妆的重要工具。夜晚来临，只有月光照到那面镜子，镜子也被月光照得发亮。古代人讲"女为悦己者容"，可是这面镜子已经很久没有人去照。月亮也是一面镜子，两面镜子一起构成这幅画面。以视觉来讲，我觉得张若虚是个好画家，他懂得画面的经营与安排。

下面两句还是在描写这个女子，"玉户帘中卷不去，捣衣砧上拂还来"。其中"玉户"是形容女子住的是很讲究、很精致、很优雅的房间。早上起来，女子习惯把帘子卷起来，可是卷不去的是什么？它附着在捣衣的砧石上，无法拭去。有些解读说那卷不去、拭不掉的正是引发相思的月光。张若虚始终没有直接叙述离开爱人的悲愁，一直在用周边的场景带出情绪。因为情感不是那么容易直接说出来，它是一种缠绕的状态，所以当诗人反复地讲"月徘徊""妆镜台""卷不去""拂还来"时，这种介于存在与不存在之间的状况既让人哀伤，又让人魂牵梦萦。

那个女子的生命如此哀愁、如此空虚,怎样才能把她从这种沮丧和空虚里拯救出来?下面就转入重要的深情、时间的无限与空间的无限当中。因为有生命的牵连和挂念,才会觉得生命有意义、有价值,即使"扁舟子"是虚拟的,即使"相思明月楼"是虚拟的。如果从老庄或者佛家的观点来讲,我们哪一种关系不是虚拟的?张若虚试图给这种虚拟关系以肯定,所以他描述了这个女子一会儿卷帘、一会儿捣衣的种种生活场景。

愿逐月华流照君

当我们对许多事物怀抱着很大的深情时，
一切看起来无情的东西都会变得有情

我特别希望大家能够把这三十六句诗分成九个不同的结构，体会其中的呼应关系。前面十六句，是在描述人和大自然的对话关系，后面的部分则与情感有关。

"此时相望不相闻，愿逐月华流照君"，从女子角度来看，在这一刻，努力地踮起脚尖去看，也是望不见的，所以她说"此时相望不相闻"，于是有"愿逐月华流照君"的愿望，但愿追随一片小小的月光，流照到你的身上。相隔千里万里，中间唯一可以连接的东西就是月光。

诗人抓到宇宙当中非常本质的某些东西，他想替人做生命的定位，又不能是庸俗性的定位，所以就要找到一个很深情的东西。于是把现实当中的绝望，转成巨大的愿望。在《春江花月夜》中，现实有阻隔人的力量，只有大自然会将其连接在一起，月光原本是无情的，可是在这一刻，刚好将两个隔绝的生命联系在一起。

下面这两句不容易懂，不同的注解版本，给出的解释也完全不同。在文学史上，我会强调好的文学作品不需有固定答案。作品里有很多象征，甚至阅读者自己的生命经验也会和文本产生对话，我希望自己所做的诠释可以为诗句多保留一点弹性。

一个非常深情的句子之后，张若虚带我们回到现实。"鸿雁长飞光不度"，鸿雁是一种候鸟，在秋天的时候会往南飞，寻找比较温暖的地方，春天来临的时候，再往北飞。大概张若虚当时在江边，看到有大雁飞过，刚好与前面的"空里流霜不觉飞，汀上白沙看不见"形成相对的呼应关系。

鸿雁已经飞过去了,可是它的光影留在河流当中没有走。鸿雁飞走了,不记得自己留下了什么,可是河流记住了,记住了光,记住了影。张若虚非常巧妙地做了结构安排,前面是存在的东西好像没有让人感觉到,也就相当于不存在,而不存在的东西,如果我们对它有感觉、有深情,就像存在一样。

宇宙之间存在的东西常常因为我们看不见,变成不存在;可是看似不存在的东西,如果我们在意,也会变成存在。"鸿雁长飞光不度,鱼龙潜跃水成文","文"就是波纹。张若虚在江边,看到江水上有很多波浪,有很多水纹,是因为底下有鱼和"龙"在翻跃,可是鱼和"龙"并不知道波纹的存在。

沈尹默写过一首散文诗——《三弦》。有一个人在土墙背后弹着三弦,诗人走

第二章 春江花月夜

过,感觉到弹奏者情绪上的哀伤,就写了这样一首很有名的诗。可是这个诗人并没有看到弹三弦的人,弹三弦的人也不知道自己影响了一个诗人。宇宙之间有很多因果,我们常常觉得某个东西微不足道,可是它的力量其实很大。我们每一个存在的个体,对别的生命都是有影响的,我们自己的生命状态,都会让别的生命发生改变。张若虚从"扁舟子"开始,带出虚拟的"相思明月楼",然后是虚拟的女子,虚拟的"愿逐月华流照君"。现在他说,如果你对生命有深情,一切看起来不存在的东西,都会变成你在意和珍惜的部分。这时候"愿逐月华流照君"就有了一个比较具体、实在的意义。

在这个世界上,当我们对许多事物怀抱着很大的深情时,一切看起来无情的东西都会变得有情。在自然当中,一切事物都是无情的状态,人的生死,或者花的开放,都是无情的。可是就情感部分而言,人们会觉得,一朵花落了,虽然是一种凋零,可是"落红不是无情物,化作春泥更护花",又变成对无情事物的有情解释。

鸿雁长飞,可是光影会被记忆、被留住。春天、江水、花朵、月亮、夜晚,对于其他的生命可能不重要,然而对这天晚上的张若虚而言,所有的事物都有意义,他看到了鸿雁,看到了鱼在翻腾,水面上出现了波纹,然后他留下了一首诗。一千多年以后,我们在一个好像跟诗人毫无关系的环境里面,读这首诗,我们感受到了张若虚当时感受到的生命状况。

归 宿

人寻找归宿,并不一定是为了回家,
而是追问:"生命到哪里去?"

"昨夜闲潭梦落花,可怜春半不还家",从这里开始,整首诗在收尾。刚开始的时候,春天来临,花在开放,现在已经是"春半"了。全诗九个段落三十六句,做了循环性的描述。在阅读过程中,可以很明显地感觉到,生命在结尾时,有一个往下沉的力量。"昨夜闲潭梦落花",昨天晚上梦到了很安静的潭水,潭边所有的花都在飘落,完全是一幅画面。这大概是诗人对家乡的记忆,所以"可怜春半不还家"。这个时候我们明白了诗人的愁,是因为春天快过完了,他还在回乡的路上,也引发了他对"相思明月楼"中"楼上人"的思念。

"江水流春去欲尽",诗人把江水跟春天联系在了一起。我们说水是时间的象征,花谢了,江水流尽了,时间也已经到了尽头,一切都终结了。终结必定会引发感伤,所以"江水流春去欲尽,江潭落月复西斜"。江边的潭水上有一个月亮,这个月亮不是诗人现在看到的月亮,而是他梦里家乡安静的潭水上的那个月亮,它一点一点从西边斜下去,黎明就要到来了。

这首诗开头是黄昏,月亮在升起,现在写到了黎明之前,月亮快要落下,太阳要升起了。其实是从夜晚,到入夜,再到黎明的一个过程。

如果说"江潭落月"是讲梦里面家乡的那个月亮,"斜月沉沉藏海雾"就是诗人当前看到的月亮,这是两个不同的月亮。听起来好像很矛盾,因为月亮只有一个,我们记忆里的月亮、眼前的月亮,与远方的人看到的月亮都是同一个。诗人其实是将生命现象放到宇宙的共同意识当中,也让我们领会到,只有春、江、花、月、夜是人类共同的、永远的经验。不管距离如何遥远,不管彼此间是否有所关联,我们所拥有的都是同一个宇宙。

"碣石潇湘无限路","碣石"是一座山的名字,"潇""湘"都是湖南一带的河流。诗人说,在山中,在水上,有多少人正在行路回家,可是句子里并没有人出现,只是"无限路"。什么叫作"路"?鲁迅曾对"路"下了一个非常有趣的定义,他说:"其实地上本没有路,走的人多了,也便成了路。""路"就是人行走的踪迹,而"碣石潇湘无限路"中的"路"有点象征意义,是人在寻找生命归宿的痕迹。

"不知乘月几人归",不知道有多少人利用最后一点点月光,还在努力寻找回家的路。这个"归"是双关语,因为前面是"可怜春半不还家",所以"归"有回家的意思;同时又有归宿的意思,是讲生命的终极目的。到这里,可以看出诗人高度统合了现象与象征两个层面的意义。人寻找归宿,并不一定是为了回家,而是追问:"生命到哪里去?""人生的意义在哪里?""生命到底价值何在?"所以"不知乘月几人归",也可以解读成还有多少人在寻找生命的归宿跟真理。这里就存在着两个张若虚:一个是回家的张若虚,另一个是在春天、江水、花朵、月亮、夜晚前思考生命归宿的张若虚。

交响曲的结尾

所有的主题一起出现,仿若一首交响曲,
为我们阐述了生命的最后归宿

诗前面的部分,有时候江水是主题,有时候花是主题,有时候月亮是主题,现在所有的主题一起出现,仿若一首交响曲。我一直用交响曲来形容这首诗。本来小提琴、大提琴、长笛或法国号分别都有独奏,但结尾的时候一定会统合,这首诗也是这样。所有的主题逐一出来,为我们阐述了生命的最后归宿。

"不知乘月几人归,落月摇情满江树",月光在最后要沉下去的时候,是很明亮的,月光会让江面上产生很多光影。因为是"斜月",所以它在西边,当月光照过来的时候,会把树的倒影打在水面上,整个江面上全部是树的影子。

第二章　春江花月夜

张若虚整首诗,最后要讲的就是这个"情"字。"愿逐月华流照君"是一件深情的事,诗人觉得充满在宇宙之间的是人的情感,大抵人都具备饱满的深情。所以他把情放到前面,变成"摇情",他把所有视觉上的摇晃,与整个宇宙间充满光亮的感觉,用一个"情"字来替代。只有这样理解,这首诗才能讲得通。"落月摇情",怎么摇?其实是诗人自己动情了,在这个时刻,他觉得对生命的爱,对生命的哀伤,对生命的喜悦,都涌上心头,所以他用了"落月摇情满江树","满江树"似乎是他感觉到树的影子在水面上晃动。

这九段三十六句所构成的诗的严密结构:从序曲到第一乐章、第二乐章,再到结尾,从用字、用句到哲学思想与文字上的华美,都到了完美的境地。这不是个人才气的表现,而是时代已经把很多准备工作都做好了,包括思想。如果佛教、老庄的思想没有一定的时间浸染,没有经过魏晋南北朝的清谈,不会到达这种境界。文字也经过魏晋南北朝文人"四六骈文"的练习,最后水到渠成。内容、形式高度完美地结合,然后,《春江花月夜》出现了,而且毫无造作的痕迹。

我们一直讲"水到渠成",是因为文学作品如果不在那个时代,却刻意要做出那个时代的感觉,就会造作,留下很多经营的痕迹,会破坏原有的完美度。在唐朝,因为水到渠成,拥有开阔的胸怀与气度的诗人才会将《春江花月夜》吟唱出来。这个声音非常自然,没有任何费力的感觉。

英国诗人艾略特说,一个人二十五岁以后如果还继续写诗,必须要有历史感。所谓历史感,不是指个人才华,而是感觉到自己所用的语言和文字是由传统继承下来的,每一步都能看出前人的痕迹。张若虚能写出这样的诗,当然是因为之前的三百多年间,一直有人为他做准备工作。我们看到花开了,赞美花的美丽,却常常没有注意到底下的枝叶,它的根,它需要的土壤、阳光和雨水,而这些全部是花绽放的条件。我认为唐诗是诗歌这株植物在生长过程中开出的花朵。《诗经》是根,它的养分源源不断输送上来,没有这个根,花朵是无法成长的。我们一方面分析一首完美的作品,另一方面也希望可以将这个作品放到一棵树上,观察它的前因后果。

这朵花开得太漂亮、太灿烂了,到了宋朝,要再把诗写成这样,大概真是有点东施效颦,宋朝人的"悲哀"是必须在其他的地方出奇招。唐朝以后的人还是会写诗,一直到现在还有人在写七言,但只是形式的延续而已,诗歌只有在唐朝才那么灿烂、辉煌。我是在描述一种文化形态,相对于唐朝的花季,魏晋南北朝是一个含苞待放的状态,宋朝时花已经凋零,结了一个果。果子没有花朵那么灿烂,可是很安静。在宋朝文学中,我们会觉得有一种饱满与安静,它酝酿了另外一颗新的种子,与花的骚动性的美非常不同。骚动是因为它正在开花,开花自然要吸引别人注意,而果实不见得有那么多吸引力,但自有一种圆满。

交响诗乐章

诗是遗忘的过程，
忘得越干净它越容易跑出来跟我们对话

在分段讲过以后，我们可以把这首诗连接起来，像欣赏"交响诗"一样，一个乐章一个乐章慢慢地欣赏。

"春江潮水连海平，海上明月共潮生。滟滟随波千万里，何处春江无月明！"这里显示出平缓与自然。诗人不准备采用一种惊人的方式开始，只是描述自己站在江河的前面，感觉到花在开放，月亮在升起，夜晚在来临……当他慢慢地带我们进入"江流宛转绕芳甸"的生命状态时，我们已经觉得自己的身体像诗人体验到的那样，跟河流一起蜿蜒流转在花的土地当中。

这里用到的"宛转"两个字，是唐诗常用的表达，白居易就以"宛转娥眉马前死"写杨贵妃最后被赐死时的缠绵委屈。"宛转"是心情上的迟缓，我们有时候觉得一种情感很粗糙，就是因为太直接了。"宛转"是含蓄、委婉，生命也许不是那么轻率的，它中间要绕一圈，要回环一下，有一点曲线的感觉。河流的"宛转"，也是我们心事的"宛转"，我们开始有了多一层的心情去看待不同的事物。

下面是"月照花林皆似霰；空里流霜不觉飞，汀上白沙看不见。江天一色无纤尘，皎皎空中孤月轮。江畔何人初见月？江月何年初照人？"到这里，一个重的句子出来，所以用"人生代代无穷已，江月年年望相似。不知江月待何人，但见长江送流水"作为第一段的终结。

下面起了另外一个部分。我们看结构中的呼应，不只是四句一段，九段组合出来的结构，甚至是两个大结构之间的对话关系，很有开创一代诗

风的气度。

"白云一片去悠悠,青枫浦上不胜愁。谁家今夜扁舟子?何处相思明月楼?"先是写实,一片白云飘走,接着镜头推出扁舟子,然后从扁舟子开始把镜头调到明月楼,从明月楼推出女子心情的复杂。"月徘徊""应照离人妆镜台""卷不去""拂还来",这么多哀愁与思念,全部在讲情感的若断还连,无情的时候都是断的,有情的时候又都连接起来。"徘徊"也好,"卷不去"也好,"拂还来"也好,把这些字抽出来会发现是一个缠绵的过程。我们自己在经历情感的时候也是断续的,很少是断就断、续就续,大部分的情感是在安定与不安定的状态当中,就是又好像断又好像续,这是最奇怪的状态,但所有情感的特征大概都是如此。一个好的诗人,自然可以感觉到这些细微之处,也想将这种情感描述出来。

而在情感中,通常的情形是"此时相望不相闻",这是在讲

第二章　春江花月夜

情感的牵连,就是未能在一起的时候,彼此的牵挂才是最大的。牵挂、思念、幻想的时候,情感大概是最饱满的。"愿逐月华流照君"是唐朝诗人在描写宇宙间的至情与人的深情时出现过的最美的句子。

"鸿雁长飞光不度,鱼龙潜跃水成文",诗从这里开始进入结尾。我想这首诗的重要,是因为它将整个宇宙经验扩大了,也许我们并不需要逐字逐句地去做注解。事实上我希望这首诗可以被忘得干干净净,也许在某一个月圆之夜,在某一个角落,忽然一个句子会跑出来,那才是这首诗影响最大的时候。

我什么时候开始懂这首诗呢?可能是在京都的某一个晚上面对着枫叶,忽然懂了其中的句子。或者是在丝路旅行的时候,在新疆看到巨大的月亮从地平线上升起来,忽然想起其中一句。《春江花月夜》是我一直在重复阅读的一首诗,那些句子是从不同的地方出来的。有一年春天,我在巴黎,抬头忽然看到前面的一棵树,花瓣全部飘落,一下呆住了,"昨夜闲潭梦落花"这一句就出来了。很多储存在心里的零散破碎的小片段,在生命的某些经验中会忽然活过来,活过来不是因为我们阅读它,而是因为我们忘了它。

我在巴黎看到那棵花朵飘落的树时,很清楚在巴黎读书的四年不可能回家,连长途电话都很难打,因为那个年代打电话很贵。"昨夜闲潭梦落花,可怜春半不还家"就是在讲当时的生命状态。

诗是遗忘的过程,忘得越干净它越容易跑出来跟我们对话。我相信好的诗不是专业研究的物件,它经常被脱口而出,契合了生命在刹那间的状态跟经验。我真心希望把喜欢的诗带到这个方向去感受,而不只是注解、研究和分析。

第三章

王维

蒋勋说唐诗 上

从 王 维 到 李 白

诗中有画,画中有诗

诗是在我们最哀伤、最绝望的时刻,
让人安静下来的东西

王维二十一岁就中了进士,似乎生命此后就是飞黄腾达,他没有想到后面还有什么在等着他,其实我们所有人都不知道之后是什么在等着我们。

等着王维的是"安史之乱"〇,大家仓皇逃奔,王维很悲惨,没有逃出去,被安禄山捉住了,并被迫出任伪职,这样的命运对他的生命产生了极大影响。

后来,安禄山失败了,曾经跟随他或屈服于他的人开始受到惩罚,王维被抓进监狱。他有一个弟弟叫王缙,对唐肃宗中兴有功,就以官位来保哥哥的性命,王维才有了一条活路。

王维曾在陕西经营辋川别业,以《辋川集》描绘山水自然。其中有诗《孟城坳》。

〇安史之乱自唐玄宗天宝十四载(755年)爆发,一直持续到唐代宗广德元年(763年),长达8年。身兼三镇节度使的安禄山伪称"奉旨讨伐杨国忠",率兵发动叛乱,并迅速占领洛阳和长安,唐玄宗被迫逃往蜀地。其间,禁军在马嵬坡哗变,杀杨国忠,逼死杨贵妃。安史之乱使各地的社会生产遭到严重破坏,给唐王朝的财政经济造成了严重困难。这场叛乱的直接后果,是藩镇割据局面的出现,此外,还导致了宦官专权、经济重心的南移,以及政治体制的变化等历史影响,成为唐朝由盛而衰的转折点。

第三章 王维

孟城坳

新家孟城口，古木馀衰柳。来者复为谁，空悲昔人有。

"新家孟城口"，王维新近搬到孟城坳。"古木馀衰柳"，周边只剩下一些古木和残败的柳树。这个地方原来很繁华，但是现在已经荒废了，这令他感到很大的哀伤。"来者复为谁"，以后还会有谁在这里兴建家园呢？这个家园繁华之后，会不会再次衰败？这其实是对废墟的感受。曾经繁华的地方没落了，就叫废墟，可是从来没有人想过，现在居住的繁华之地，有一天也会变成废墟。王维觉得生命里面有种无奈，对生命有种哀伤，因为他看过繁华，经历过开元、天宝盛世。

曾经台中街头有一个建筑工地，外面是白白的围篱，我和学生花了三四天的时间，在一面面很长很长的围篱上面画了《辋川图》，一共二十个景和二十首诗。有一次我路过那里，有人告诉我："你们那个时候写的东西，大家每天都去读。"街道上的工地围篱，忽然变成古代的《辋川图》。这些学生现在都会背这几首诗，等他们到了中年，经历了生命的巨大变迁，至少会有一句"来者复为谁"与他们的心境相呼应。

我常常觉得，诗是在我们最哀伤、最绝望的时刻，让人安静下来的东西。如果能想起这些诗句，或许会有面对生命的平静。诗在生命中发挥的作用，常常是在某一个时刻能够理解我们的心事。

王维被誉为水墨画南宗之祖，但他大部分的作品今天看不到了。日本大阪市立美术馆收藏的《伏生授经图》被认为比较接近王维的笔法，但也不能确定是否为其真迹。《辋川图》是陶渊明之后第一次将文人的理想世界真正表现出来的园林图画。到了宋朝，苏东坡称赞王维"诗中有画，画中有诗"。诗就是这样留在历史上，可能要由数百年之后的人来做见证。

王维将辋川分成二十个不同的景，除了前面提到的孟城坳，还有白石滩。《白石滩》是五言绝句。

白石滩

清浅白石滩,绿蒲向堪把。家住水东西,浣纱明月下。

这是王维纯粹的白描,里面没有个人情绪,没有个人的爱与恨。王维只是把我们带进纯粹客观的自然世界。王维被称为"诗佛"。禅宗有所谓"机锋",能不能领悟不在于话多不多。王维的诗把"杂质"都拿掉,只留下非常简单、非常纯净的句子。

我和学生在工地围篱上画画那几年,是台中的建筑商最荒谬的时候。一栋一栋大楼盖起来,然后变成现在的空屋——一种荒谬的繁荣。所有的工地都有长长的围篱围着,我们只是在空地变成大楼的过程中,保留了一点点自己的净土,在围篱上面写了一些诗,画了一些画。楼一盖起来,围篱就拆了,却留下很多记忆。我一直认为我喜欢的艺术和文学都不是"学院"的,它们如果不是在街头,就没有什么意义。在工地围篱上画画的时光,是我非常喜欢的一段日子。

无 人

我们常常为别人活着，
不知道如果这个世界上只有你一个人，
你会用什么方法活着

下面讲《辛夷坞》。

辛夷坞

木末芙蓉花，山中发红萼。涧户寂无人，纷纷开且落。

"辛夷"是一种花，"坞"是边缘高中间低的地方。"木末芙蓉花，山中发红萼"，山里面的辛夷花在绽放红色的花萼。"涧户寂无人"，水边寂静到好像没有人。整首诗都没有人出现，诗人根本就住在一个人少的地方。"纷纷开且落"，在一个这样的世界当中，花开了又落。简单的四句诗，总共二十个字，可是王维令我们有种领悟：只是花开花落，没有人来，没有欢欣，也没有哀伤。

我们常常为别人活着，不知道如果这个世界上只有你一个人，你会用什么方法活着。王维经历了大繁华之后，似乎很希望自己是一朵开在山中的花，没有人来看，自开自落。这首诗对生命进行了提醒：我们能不能找回自己为自己"发红萼"的时刻？在孤独的山中，没有任何人来，是不是可以茂盛地开了又落，落了又开？在这里，儒家思想被老庄或佛教所代替，讲的是个人生命的完成，这个生命不是为了别人而存在。

王维的诗非常精练，会把主观的东西拿掉。中国的诗和西方的诗很大的不同，便是中国的诗常常省略主语，"我"和"你"都没有了。这样一来，我们会发现，"芙蓉花"是诗人自己，"红萼"是他自己，所有

的一切都变成一个单纯而独立的个体,在那里开了又落。诗人如果不安静到某种程度,写不出这种句子。王维所在的辋川本是一片荒芜,少有人居住,他是从自然的角度去看自然,而不是从人的角度看自然。"无人"是王维诗的一个重要主题,特别是在他的晚年。

下面这首是大家比较熟悉的《竹里馆》。

竹里馆

独坐幽篁里,弹琴复长啸。深林人不知,明月来相照。

"独坐幽篁里,弹琴复长啸",一个人在竹林中弹弹琴,高兴地吹吹口哨、长啸一声。"深林人不知",树林很大,外面即使有人,也不知道有人在弹琴、长啸。对王维来讲,弹琴和长啸不是表演,而是娱乐自己。"明月来相照",月亮照在身上,好像变成了最好的朋友。唐朝诗人纷纷从人群中出走,走向自然,与月亮对话,与山对话,与泉水对话,与花对话。

山水中生命的状态

宇宙不会因为人事而变迁，
只是人自己在夸大喜悦与哀伤而已

在《栾家濑》中，没有任何人的主观，只有纯粹的白描。

栾家濑

飒飒秋雨中，浅浅石溜泻。跳波自相溅，白鹭惊复下。

"飒飒秋雨中，浅浅石溜泻"，诗人看到濑（所谓濑，是指沙或石上浅而急的流水），秋天雨声萧飒，水迅急流过。"跳波自相溅，白鹭惊复下"，波浪跳来跳去，有白鹭站在那里，水冲下来，白鹭被惊动飞起，过后又停了下来。诗人在白描，讲客观的风景，却透露出自己静观一切的心情。

诗人在看水的时候，看到自己的生命状态，跳来跳去，彼此冲突，过一会儿都好了，也没那么了不起。"跳波自相溅"是生命的冲突、践踏、侮辱、对抗，可是白鹭飞起又落下。他所讲的自然状态，如果不经过一个心理阶段，走在山水里也领悟不到。

我不认为王维只是一个书写田园与山水的诗人，他笔下的田园与山水同时也是心里的风景。所以要特别注意"溅""惊"这些字，其实是他的经验，是他的心事，应该不只是风景而已。我们读王维的诗会有一种特别的感动，因为他在描写风景时，带出了人的生命状态。再来看《欹湖》。

欹湖

吹箫凌极浦，日暮送夫君。湖上一回首，山青卷白云。

"吹箫凌极浦",在船上吹着箫,船一直划到对岸。"日暮送夫君",在黄昏的时候,送自己的友人远去。"湖上一回首",有千般眷恋,已经到了湖中心,还要回头去看一看。"山青卷白云",距离很远,看不见人,只看见山青、白云。生命要有"一回首"的时刻,能"回首",心境就不一样。

人的是非、人的变迁在大自然里面非常渺小,在王维看来,山青与白云才是永恒的。王维的诗影响了后来的中国山水画,人都画得很小。人在自然当中几乎是看不见的,只是一个非常卑微的存在。

辋川二十景中有南垞和北垞,"垞"是小丘的意思。我们来看看《南垞》。

南 垞

轻舟南垞去,北垞淼难即。隔浦望人家,遥遥不相识。

小船划向南垞,回头看北垞的时候,已经渺茫难及。隔着岸去看,刚才认识的人、聊过天的人、留他吃饭的人,已经觉得很遥远陌生。

这里讲的是一种很奇怪的感觉,在时间与空间上,有一天我们都会变成陌生人;如果我们在"轮回"中再次相见,大概也不会认识对方了。"遥遥不相识"是生命形式在巨大的劫难与流转当中得以转变。王维的诗暗示性很强,非常像禅宗的偈语。他讲的好像是现实,又不是现实,只是讲生命的一种状态。

再看《木兰柴》。

木兰柴

秋山敛馀照,飞鸟逐前侣。彩翠时分明,夕岚无处所。

"柴"通"寨",一个用栅栏围成的所在,里面种着木兰花。"秋山敛馀照",秋天的山上,晚霞慢慢收掉,已经要入夜了。"飞鸟逐前侣",黄昏时鸟会回巢。"彩翠时分明",黄昏时的光变幻莫测,有时亮,有时暗。"夕岚无处所",傍晚的"岚"(雾气)东飘一下,西飘一下,变化不定。这四句完全是白描,把人的主观全部拿掉,像纪录片一般重现。

王维走在这样的山水中,记录了自己看山、看水的过程。曾经有一个阶段,山不是山,水不是水,现在山还是山,水还是水。一切风云诡谲之后,大地、宇宙、自然还是原来的状态,宇宙不会因为人事而变迁,只是人自己在夸大喜悦与哀伤而已。王维用完全平静的方法进入宇宙真正的内在世界,进入以后,他就产生了绝对平静的心情。对他来讲,晚照、秋山、飞鸟、夕岚,都有自己的状态。

王维还写过一首《漆园》。

漆园

古人非傲吏,自阙经世务。偶寄一微官,婆娑数株树。

庄子曾经做过管漆树园的小官,王维循着这个典故来写,借以表明自己的人生态度。经过"世务",做过官,最终还是回来"婆娑数株树"。

辋川还有个地方,有槐树夹道,王维为此地作了一首《宫槐陌》。

宫槐陌

仄径荫宫槐,幽阴多绿苔。应门但迎扫,畏有山僧来。

"仄径荫宫槐",窄窄的一条路,两边都是高大的槐树,有浓密的树荫。"幽阴多绿苔",树木底下生了很多绿苔。王维在这个地方隐居,无须送往迎来。"应门但迎扫,畏有山僧来",守门人怕山里欣慕的僧人来拜访,就把那条路打扫了一番。

王维开始重新寻找自己生命的定位,试图在辋川把另外一个生命形态建立起来。这种状态对后世影响很大,比如苏东坡,虽然一直受到政治上的打击,可是他知道不能因此影响自己,人世间的起起落落就当花开花落一样,没什么大不了。

接下来是《茱萸沜》。

茱萸沜

结实红且绿,复如花更开。山中傥留客,置此茱萸杯。

不知道大家有没有见过茱萸?有那种一粒一粒的果实,生长在山里面。如果有朋友来,留这个朋友住下,大家在喝酒时就把茱萸泡在里面,喝一杯茱萸酒。

王维的诗句越来越像禅宗的偈语,表面上微不足道,没有很难的字,但所有的意思都在里面。这是经过繁华之后的平淡,有特殊的意义,精简、不累赘,单纯地去描述生命的状态。

《鹿柴》可能是"辋川"这一系列诗中大家最熟悉的一首,非常单纯。

鹿柴

空山不见人,但闻人语响。返景入深林,复照青苔上。

"空山不见人,但闻人语响",王维此时生活在山中,看不到人,又远远地听到好像有人在讲话,可是那些人和他没有关系。"返景入深林",听到"人语"以后,不愿意再见到人,就回到树林当中。"复照青苔上"是讲光线照在青苔上面。如果用电影镜头来看,这句不是人的视角,而是阳光的视角。诗的主角不是"人",而是"阳光"。

如果没有生命经验,其实不太容易进入王维的诗歌世界,因为太单纯,所有的色彩、华美都拿掉了,只有一个非常单纯、安静的生命,就好像打坐到最后的状态,绝对的静定。

下面是《文杏馆》。

文杏馆

文杏裁为梁,香茅结为宇。不知栋里云,去作人间雨。

"文杏裁为梁,香茅结为宇",文杏即银杏,树干可以做屋梁,上面用茅草铺成屋顶。"不知栋里云,去作人间雨",这里面的关系很有趣,画在栋梁上的云已经飞走,变成了洒落人间的雨。住在山里,常常会有云飘来,分辨不出哪些是栋梁上画的云,哪些是自然当中真正的云。

唐朝喜欢华丽的装饰,可是在王维看来,那云可能不愿意只做栋梁的装饰。栋梁之材是对国家有贡献的人,王维本来可以做栋梁之材,可是他宁愿在自然当中做一片飘去的云,遇到冷空气,变成了人间雨。这里有很多王维自己的生命经验。我们在追求欲望、物质,王维刚好在放弃。伪装和虚饰,还不如人间的一点雨水对生命有更好的滋润。解读王维,必须进到哲学层面。

西湖有一个景点叫"柳浪闻莺",春天来的时候,柳条被风吹起来,像波浪一样。《柳浪》中描写的辋川景色大概也是如此。

柳浪

分行接绮树,倒影入清漪。不学御沟上,春风伤别离。

一棵一棵的柳树,影子倒映在水中。"不学御沟上,春风伤别离",这又是一个与"不知栋里云"有关的意境。皇宫河道两旁种植着柳树,人们在离别时会折柳相赠。王维不愿像这柳树一样,在春天里为离别而伤怀。御沟上的柳树,带给他的回忆是哀伤的离别,"不学御沟上,春风伤别离"表达了对政治、君王的消极远离。

《洛阳女儿行》：贵游文学的传统

在美学上，一掷千金是一种美，
对物质的不在意自然会产生某一种生命情调

王维是一个非常复杂的角色，在"辋川"这一系列诗当中，我们看到了王维，一位诗佛。佛或山水，在王维的世界里的确非常重要。但在充满了矛盾的唐朝，每一个个体的生命都有很多不同的追求，可能追求贵族的华丽，可能追求侠士的流浪、冒险，也可能追求塞外的生命的放逐，在王维身上，这些追求都有。

虽然王维"晚年惟好静，万事不关心（出自王维的《酬张少府》）"，但我们不确定王维如果有其他的机会，会不会去发展出生命另外的可能性。当我们一致认为王维是隐居的、安静的，会产生误导，影响我们理解王维的所有诗作。我不相信一个人一味追求佛道就可以写出很好的诗，因为最好的文学是在生命的冲突中发生的。

在《洛阳女儿行》中，可以看到王维所继承的南朝贵游文学○的传统。

洛阳女儿行
洛阳女儿对门居，才可颜容十五馀。

○魏晋南北朝时期，贵游文学一度兴盛。这一时期，文人多附属于某一个具有一定文学才能的贵族人物，以集团的形式进行文学活动和创作，由此形成侍从文人集团。贵游文学追求语言形式的美，讲究辞藻、对偶和声律，对魏晋南北朝时期诗歌风格由汉代的古朴转向雕琢、粉饰起到了至关重要的作用。

第三章 王 维

良人玉勒乘骢马,侍女金盘脍鲤鱼。
画阁朱楼尽相望,红桃绿柳垂檐向。
罗帷送上七香车,宝扇迎归九华帐。
狂夫富贵在青春,意气骄奢剧季伦。
自怜碧玉亲教舞,不惜珊瑚持与人。
春窗曙灭九微火,九微片片飞花琐。
戏罢曾无理曲时,妆成只是熏香坐。
城中相识尽繁华,日夜经过赵李家。
谁怜越女颜如玉,贫贱江头自浣纱。

读《洛阳女儿行》,会觉得不像我们熟悉的王维的诗,会觉得本诗的作者王维和在辋川写诗的王维是两个王维。这个王维,代表了贵游文学的传统。他当时住在洛阳,有个女孩子住在他的对门。这个女孩子十五岁,王维用了很多华丽的字词来描写她的生活。

南朝的文人非常擅长写辞藻堆砌的骈体文,在唐朝初年被继承下来。前面提到的王维,把所有的色彩都拿掉,只留下很干净的白描。可是现在要讲的王维,却表现出了唐朝初年的华丽,有很多明亮的、感官的内容。

"洛阳女儿对门居,才可颜容十五馀",这是介绍这个女孩子的大概情况。"良人玉勒乘骢马",马的辔头是用玉做的,这里出现贵族讲究华丽的感觉。"侍女金盘脍鲤鱼","玉勒"对"金盘","骢马"对"鲤鱼",这个句子一拿出来,就可以发现文字上的讲究。这不是主观的描述,而是客观上用很多东西堆砌到整首诗产生一种物质华丽丰富的感觉。"画阁朱楼尽相望,红桃绿柳垂檐向","画阁""朱楼"都是物质,描述女孩子家里的建筑。画阁、朱楼、红桃、绿柳这些字词,堆出一幅色彩很华丽的画面。看到这些,会想到唐朝的绘画,里面有一种强烈的色彩感,非常华美。这与"晚年惟好静,万事不关心",刚好是两个不同的感觉。

"罗帷送上七香车","七香车"是用多种香木制作的车子,走出去的时候全是香味,"罗帷"是上面挂的丝织帐幕。"罗帷送上七香车,宝扇迎归九华帐"是一组对仗,出门时要坐七香车,上面垂着很漂亮的罗帷,回来的时候要有宝扇迎接。阎立本的《步辇图》中,唐太宗坐在步辇上,后面有人拿着两个宝扇。用宝扇本来是印度的习惯,后来被汉地宫廷所接受。唐诗对于对仗的讲究在《春江花月夜》中还不那么明显,到了王维、李白、杜甫时期,文字的精准度已经非常惊人。唐诗中的押韵与对仗都非常明显,这种对仗方式也可堆出非常华美的感觉。

"狂夫富贵在青春",唐朝对青春有非常直接的歌颂,宋朝以后就少见了。"青春"在农业伦理中,并不是正面的存在。与希腊的文化完全不同,中国文化很少歌颂青春,而是歌颂中年以后的成熟与沧桑。"狂夫"是指这个女孩子的丈夫,如果这个女孩子十五岁,她的丈夫也不过十七八岁。

这首诗讲的是纯粹的贵族文化,贵族文化会强调个人的奢侈。"意气骄奢剧季伦",骄傲与奢侈比西晋的石季伦还要厉害。季伦即石崇,是个富贵人,敢于一掷千金。唐朝的贵游文学对奢侈进行了非常夸张的描写。

唐朝的文化虽灿烂华丽,社会阶级性却很严重。在王维和李白的诗中或许看不出来,到杜甫写出"朱门酒肉臭,路有冻死骨",就很明显了。所以杜甫是一个转折,又转回到农业伦理的平等,用农业伦理去批判唐朝。杜甫所处的时代,刚好是唐朝由盛转衰,盛的时候也有穷人,但那时候描写奢侈华丽,不会有太多人反对。

为什么在初唐、盛唐,人们觉得这么骄奢是可以的?这种文化、这个政权中有种贵族气,在中国历史上非常少见。宋朝的词曲中基本上没有这部分,没有这么华丽,这么夸张。我特别把这首诗挑出来,是为了印证初

第三章 王维

唐的贵游文学继承了六朝王谢子弟这个系统，有一种奢侈，有一种豪华风尚。

"自怜碧玉亲教舞，不惜珊瑚持与人"，这个"狂夫"对女孩子有种怜爱，亲自教她跳舞。"不惜珊瑚持与人"，这里与李白的贵游文学有一种呼应，就是对物质一掷千金。在美学上，一掷千金是一种美，对物质的不在意自然会产生某一种生命情调。初唐、盛唐时期的贵游文学，构成了浪漫主义般的华丽。

"春窗曙灭九微火，九微片片飞花琐"，很漂亮的画面。九微指一种贵族用的非常讲究的灯，曙光初透时，九微火才慢慢灭掉。这些贵族通宵达旦地寻欢作乐，而一般老百姓点一盏油灯，早早就把它吹了赶快睡觉。九微火灭掉的时候，灯花像花瓣一样一片一片飞到窗格上，非常漂亮。

唐朝很注重审美，不仅仅是在追求华丽。王维一定常常出入

贵族家庭，所以才写得出这样的句子。接下来我们会读到白居易，白居易提倡朴素文化，他的诗要拿去念给不识字的老太太听，老太太听懂了，他才定稿。但如果白居易没有泡过温泉，没有见过九华帐，绝对写不出《长恨歌》。这些诗人是经历过繁华的。经历过繁华的人，一种态度是歌颂繁华，另一种态度是觉得惭愧。觉得惭愧的是杜甫，愿意歌颂的是李白，构成了唐朝两种不同的美学。在王维的诗里面，可以看到唐朝曾经盛极一时，宫廷文化当中的华丽，历朝历代都比不上。唐玄宗开元时期的"国家交响乐团"叫作梨园，编制有千人之多。文学里，自然会有一部分呼应这种豪华的贵族文化。

"戏罢曾无理曲时"，一番嬉闹之后，没有时间去弹琴、去温习曲调。"妆成只是熏香坐"，妆化完了，只是闲坐让衣服熏香。唐朝女子的妆化得很吓人，额头上画整只凤凰，身穿低胸、高腰长裙，大概相当于十六七世纪欧洲宫廷里最华贵的巴洛克风格。王维在描述繁华，可是又有一点空虚。这个十五岁的美丽女子，生命状态华丽到了极致，可是内在却什么都没有。

这个时候我们看到，王维对这样的华丽又迷恋又批判。玉勒、金盘、骢马、鲤鱼，在繁华里不断去享有繁华，刹那间又体会到空虚，他的批判到最后才出来。初唐时，繁华与空虚会混合，当然也隐藏在王维身上，变成王维走向佛教的重要理由。只有真正看过繁华的人，才会决绝地舍弃繁华，走向完全的空净。如果他没有看过繁华，会觉得不甘心，总想多抓一点名和利。

近代最明显的例子是弘一大师（李叔同）○，他能在佛教上修行到

○李叔同（1880—1942），别号息霜，法号演音，号弘一。中国近代文化大师和佛学大师。集诗词、书画、篆刻、音乐、戏剧、文学于一身，在各个领域

第三章 王 维

如此地步，是因为他经历过所有的繁华。人在没有经历过的时候，怎么修行？心还是很难纯粹。看尽繁华的人，在领悟空时，往往有更大的基础，等到修行时，对这些东西都能一笑置之。西湖边的虎跑寺里挂着一件弘一大师的僧袍，上面全是补丁，可是他二十岁时穿的衣服是绫罗绸缎。他在日本演戏的时候，中国最好的服装和欧洲最好的服装都穿过。这样一个人出家的时候，衣服上的补丁，会不会是另外一种"华丽"。

生命很复杂，繁华与幻灭有时候是一体两面，进入繁华有时候是幻灭的修行过程。王维对"洛阳女儿"的哀悯也好，空虚感也好，似乎要引发下一个时期文学的出现，比如杜甫。对比"洛阳女儿"华丽、豪华又空虚的生活，那个在河边浣纱的女孩子，长得那么美，可是没有人知道她，所以王维会写出"城中相识尽繁华，日夜经过赵李家。谁怜越女颜如玉，贫贱江头自浣纱"。

相对于"洛阳女儿"的日常生活，浣纱的女孩子自然是贫贱的，可是"自浣纱"才是生命的华贵。王维用"贫贱"去形容浣纱女子，有一点不平，有一点不甘心，他觉得这个女孩子如此漂亮，却没有人知道，一辈子就是在浣纱。王维后来的思想是回归到生命的主体性，不是在比较社会中的高低贵贱。

发中华灿烂文化艺术之新声。他是第一个向中国传播西方音乐的先驱者，是把西洋画引入中国的第一人，也是中国话剧的创始人。他的书法艺术精湛，朴拙圆满，浑然天成。1918年皈依佛门后，他精研律学，教弟子"念佛不忘救国"，且使国内中断700多年的"南山律宗"得以复兴光大。

回看射雕处,千里暮云平

他经历过两极的状态,如果没有燃烧,
也就不会有灰烬

接下来,我们谈谈王维与边塞有关的诗歌,比如《观猎》。

观 猎

风劲角弓鸣,将军猎渭城。草枯鹰眼疾,雪尽马蹄轻。
忽过新丰市,还归细柳营。回看射雕处,千里暮云平。

唐朝非常尚武,打猎对唐朝人来说是比武训练,从这首诗中我们可以看到另外一个王维。"风劲角弓鸣",一开始就是绷紧的场面。塞外的秋风吹过来,吹到用兽角拴住的弓的边缘,会发出响声。这是非常精彩的形容,我们可以感受到风的劲烈与塞外环境的力量,而王维在辋川的诗作都很平静。"将军猎渭城"是说主人公在渭城打猎。"草枯鹰眼疾,雪尽马蹄轻",对仗非常工整。秋天的时候所有的草都枯掉了,猎鹰的目光显得更加锐利。当时的人们手臂上架着猎鹰去打猎,当猎物中箭掉下来时,猎鹰飞过去找到猎物。这个习惯延续下来,一直到元朝、清朝,人们都是把猎鹰架在手臂上去打猎。一场大雪之后,马走起来非常轻快。

"忽过新丰市,还归细柳营",唐诗里面有很多对速度的描写,最有名的是李白《早发白帝城》中的"朝辞白帝彩云间,千里江陵一日还",以及杜甫《闻官军收河南河北》中的"即从巴峡穿巫峡,便下襄阳向洛阳",也是将好几个地名连起来,体现出速度感。王维用两个地名——"新丰市"与"细柳营",来表现马跑得快,一下到了新丰市,一下又回到细柳营。"忽过""还归"两个词,立刻将空间感表现出来

了，王维对于节奏与结构非常清楚。"回看射雕处，千里暮云平"，回头看一下刚才射雕的地方，一大片无边无际的草原与傍晚的云霞接连在一起。这个时候人会感觉到真正的空旷，速度感又得到了加强。

我们之前看到的是一个安静的王维，好像已经修行到一尘不染，古井无波。可是写《观猎》的王维如此年轻，意气风发，对生命有很大的征服欲，是一个对生命怀抱着巨大热情的王维。但他的热情像一块烧红的铁，忽然被放到水里去，一激之后，完全冷掉了。他经历过两极的状态，如果没有燃烧，也就不会有灰烬。王维心如死灰，是因为曾经剧烈燃烧过。

我一直觉得修行是与自己过去生命的对抗。从繁华到幻灭是一种修行，从幻灭到繁华是不是也是一种修行？不同的生命，有不同的修行状态。每当看到一个没有过热情，没有过燃烧，只是枯坐的生命，我会感到害怕，因为我觉得那样是修行不出什么的。这样的生命没有沉淀，也不会有积累。

大漠孤烟直,长河落日圆

我们走到临界点,才看到生命另外峰回路转的可能

《使至塞上》是王维非常有名的一首诗。王维曾经做过监察御史,后来出使边塞,他的生命体验过真正的旷野、大漠。

使至塞上
单车欲问边,属国过居延。征蓬出汉塞,归雁入胡天。
大漠孤烟直,长河落日圆。萧关逢候骑,都护在燕然。

20世纪60年代,台湾流行抽象表现主义绘画,很多人认为"大漠孤烟直,长河落日圆"是对抽象艺术的完美概括。"大漠"是水平的,"孤烟"是垂直的,与"长河""落日"都是最简单的视觉造型。"直"与"圆",也是最大最精简的几何造型。张若虚的"皎皎空中孤月轮"也有类似的感觉,唐诗从一开始就表现出宇宙意识中的单纯性。

"单车欲问边,属国过居延","出走"在唐诗中是重要的生命经验。"边"可能是帝国的边疆,也可能是生命的边疆。我们走到临界点,才看到生命另外峰回路转的可能。这两句是讲王维在陌生的瀚海、戈壁中的生命经验。"征蓬出汉塞",诗人自比飘零的蓬草,离开国家。"归雁入胡天",人们认为雁是住在北方,天冷时才到南方来避寒,天气暖了以后就要往北飞,此时诗人自己就像"归雁"要进入"胡天"。

"大漠孤烟直,长河落日圆",个人的生命在这样的经验当中感觉到宇宙的苍茫、辽阔与精简。这个场景视觉性很强,许多画家、摄影家、导演,都在寻找表现这种空间感觉的画面。王维用简单的十个字,就把整个

第三章　王维

景象表现出来了。

很少人用"直"来形容"烟"。"烟"怎么会直？烟不是弯弯曲曲地飘上来吗？不是风一吹就会动吗？但在大漠这样空旷的空间中，人与烟的距离非常遥远，平常的曲线看起来就成了直线。我自己去走丝路的时候，亲身感受到了这两句诗所描绘的意境。夜晚的火车开过新疆天山（天山的东段），好大一个月亮照在常年不化的积雪上，完全就是唐诗里面的感觉。这种诗句在江南根本写不出来，因为没有这种视觉经验。在大漠中，空间忽然变得很难掌握，空间的比例关系与平时完全不同。

相逢意气为君饮

里面有一种生命状态，
那是我们年轻时最渴望达到的，
是一个生命对知己的渴望

《少年行》也是王维很有代表性的一组诗，可以用它来总结"贵游文学""边塞诗"与"侠"这三者的精神。《少年行》本身就在歌颂青春，是初唐诗人很喜欢写的题目，它的内容大概类似现今描写飙车之类的题材。王维"晚年惟好静"，但年轻时很得意，二十一岁就考取进士，头上簪着花出游，那是生命里非常美的时刻。他后来的追求与少年时的野心形成强烈对比。从他的《少年行》里，可以读懂贵游文学与"侠士文学"的关系。

少年行（其一）

新丰美酒斗十千，咸阳游侠多少年。
相逢意气为君饮，系马高楼垂柳边。

少年行（其二）

出身仕汉羽林郎，初随骠骑战渔阳。
孰知不向边庭苦，纵死犹闻侠骨香。

少年行（其三）

一身能擘两雕弧，虏骑千重只似无。
偏坐金鞍调白羽，纷纷射杀五单于。

第三章 王维

少年行（其四）

> 汉家君臣欢宴终，高议云台论战功。
> 天子临轩赐侯印，将军佩出明光宫。

"新丰美酒斗十千"很像李白的诗句。"咸阳游侠多少年"，"游侠"与"少年"是联系在一起的。少年会有点莽撞，有点冲动，意气风发，会有生命的发亮和燃烧想与人分享，所以"相逢意气为君饮"。片刻相逢，可是彼此都在生命中最发亮的阶段，就为你喝这一杯酒。"为君饮"没有别的原因，就是为了你，为了一个难得遇到的生命。在唐朝，年轻人就有这样一种生命情调。

这种情调与当时流行的侠士肝胆相照的生命经验有关。武侠小说大概带给人们一些浪漫经验，"侠"的精神里，与我们现在的生存伦理很不同。只有在那个年龄阶段才会相信的某一种浪漫，相信在某一个青春时刻里会碰到知己，肝胆相照，会一起去追求生命中的某一个理想。

每次去一些部落，我都会感觉到一种与唐诗接近的生命力。他们有很多仪式鼓励年轻人拥有少年的血气——你要走出去，你要打猎，你要成为维护这个部落生存下去的一分子，当中有很多挑战。比如农历八月十五的"丰年祭"，年轻人必须要爬到树上，以很快的速度把枝叶砍完，然后宰杀一头山猪。里面有一种意气风发，可是也很残酷。我们现在的矛盾在于，农业伦理怎么去看待这类文化形态？我们是不是可以从另外一个角度去看待其他不同的文化，而不是单向度地从农业伦理出发？

唐朝是中国文化少有的出走。从王维的《少年行》中，一方面可以窥探到他年轻时的生命状态与晚年完全不同，另一方面也可以了解到王维不是个别现象，"少年行"在初唐是普遍存在的，当时的人似乎都在这种文化里长大，后来的诗都有这种生命的豁达。

"相逢意气为君饮，系马高楼垂柳边"。第一次见面，难得碰到这样一个朋友，就把自己的马绑在高楼旁边的柳树上，上酒楼去喝酒。四句简单的诗，与忠或孝都无关，可是令人觉得过瘾，因为里面有一种生命状态，那是我们年轻时最渴望达到的，不是伦理，不是爱情，不是法律，不是道德，是一个生命对知己的渴望，只有青春时才会有这种渴望。这其实书写了青春时刻的美，青春时刻在这里忽然绽放开来。

《少年行》（其一）没有碰到任何与世俗有关的东西，就是讲青春在刹那间的发亮与光彩。每一次读都会勾起我们自己生命当中曾经有过的一刹那的快乐、狂喜。遇到知己，两肋插刀，一起去做一番事业，是很多少年人的梦想。很想证明自己的成长、自己的独立、自己的背叛，觉得群体保护的爱是一种耻辱，很想走出去。

在《少年行》（其二）中，这个少年好像慢慢长大了，去做官、从军了。初唐时，从军是非常大的荣耀。唐朝早期募兵制与府兵制并行，府兵制的意思是，要当兵，必须自己准备盔甲服装、战马和武器。穷人无力应付，都是贵族子弟去当兵。贵族子弟当兵简直像一个"嘉年华会"，因为大家的武器、战马、战袍都和别人不一样。"出身仕汉羽林郎"，"羽林郎"相当于当时皇室的警卫队，服装漂亮，也很气派。"初随骠骑战渔阳"，一个年轻的军官跟着一位大家崇拜的大将到渔阳打仗。"孰知不向边庭苦"，他当然知道去打仗多么辛苦，到边疆多么辛苦，可是"纵死犹闻侠骨香"，即使死在边疆，也要留下一身侠骨的芳香，因为崇拜"侠"的精神。

历来的统治者都很怕侠，侠是中央政权最大的威胁，只有唐朝会去歌颂侠，"风尘三侠"就是这样肝胆相照的一类人，这构成了唐朝文化中很美的部分。我们今天说李白诗写得好，是因为他的诗中侠的精神在发亮。他"十五好剑术，遍干诸侯"（出自李白《与韩荆州书》），当然是一个侠，而且是流浪的、孤独的侠。

第三章 王维

《少年行》（其三）中，可以感受到侠的精神与贵游文学之间的关系。"一身能擘两雕弧"，"雕弧"是雕得很漂亮的弓，一人能将两把弓同时拉开。"虏骑千重只似无"，打仗时面对的敌人层层叠叠，却如同面前没有人，直接杀到敌人队伍当中，这当然是在描述血气奋勇。"偏坐金鞍调白羽，纷纷射杀五单于"，这里不只是强调保家卫民，也在歌颂贵族文化。个人生命追求华美，所以才用"金鞍""白羽""雕弧"。"纷纷射杀五单于"，这是个体生命在面对敌对力量时的绽放过程。

再看《少年行》（其四）。这四首诗好像有一种连贯，曾经的咸阳少年，后来慢慢有人赏识，跟随一位大将去打仗，建立了功业。因为"纷纷射杀五单于"，所以到第四首诗里，皇帝要封官。凯旋后，天子赐宴。"云台"用的也是汉朝典故，云台上有很多画像，画的都是对国家有大贡献的人。大家在讨论谁的战功最大，画像应该被收藏在云台上。"天子临轩赐侯印"，天子在一个开阔的大厅当中封侯，然后颁印、封官。"将军佩出明光宫"，羽林郎变成了将军，佩了印，走出明光宫。

四首诗连起来读，可以看到少年成长的过程。侠追求的是浪漫与热情，这种浪漫与热情引导少年到边疆完成自己的使命，回来后，他变成了贵族。这大概是唐朝所崇拜的生命经验模式。

行到水穷处，坐看云起时

生命的绝望之处恰好是生命的转机

通过《终南别业》，我们可以看到年轻时代对生命怀抱着巨大的浪漫与热情，不断在这个热情当中燃烧自己的王维，忽然转向了。

终南别业

中岁颇好道，晚家南山陲。兴来每独往，胜事空自知。

行到水穷处，坐看云起时。偶然值林叟，谈笑无还期。

"中岁颇好道，晚家南山陲"，王维中年以后喜欢修道，这个道可以是老庄，也可以是佛教——居住在终南山边，不再过问政事。"兴来每独往"，高兴的时候就一个人在山里面走一走，只有自己知道所体会到的美好。原来的"相逢意气为君饮"，现在忽然变成"胜事空自知"。

这个巨大的转变，其实是生命两个不同的阶段。年轻的时候喜欢朋友，与朋友分享生命的浪漫。而"中岁"以后有一种很大的孤独，自己回来寻找生命的修行。这首诗描写的是王维中年以后的生命经验，与《少年行》形成非常明显的对比。

"行到水穷处，坐看云起时"，我觉得王维这一时期的诗，只要有这两个漂亮的句子就够了。他在山里行走，领悟到的其实就是这两句。他跟着水一直走，到水没路可走的地方坐下，看到云飘起来。诗人安静地独自坐在山水里，发现水与云是同样的。

"穷"是什么？竹林七贤中的阮籍，随意找条路就走，走到没有路了就穷途而哭。穷是绝望的意思，是生命里面最悲哀的时刻，不只是讲物质的穷,也是心境上的穷。"行到水穷处",走到生命的绝望之处,如果那个时候可以坐下来,就会发现有另外一个东西正慢慢升起,即"坐看云起时"。这是生命中的"转",经过少年时期的追求和热情,再到生命里面的某一种受伤,然后有了"坐看云起时"的领悟。王维在经历最大的哀伤与绝望之后,生命忽然出现了转机。在写《洛阳女儿行》时,他还有点气愤:为什么有人在贫贱地浣纱?而现在,他应该庆幸她就在河边浣纱,因为她的生命还算自在。王维觉得,生命的绝望之处恰好是生命的转机。

"行到水穷处,坐看云起时"。水穷之处就是云起之时,水穷之处是空间,云起之时是时间,在空间的绝望之处看到时间的转机,生命还没有停止,所以还有新的可能、新的追求。年轻时写"纷纷射杀五单于"的王维,此时看到了生命的另外一种状态,也许他要与原来所有敌对的东西和好,与他自己认为是绝望的那个部分和好。

后来很多画家喜欢在自己的山水画上题写"行到水穷处,坐看云起时",不是讲山水,不是讲风景,而是讲心情。宋朝画家李唐有张小册页就叫《坐石看云图》,王维的这两句诗,提醒人们去观察自然,从自然中领悟自己的生命状态。

"偶然值林叟,谈笑无还期"。在山里行走的时候,偶然碰到一个在山中砍柴的樵夫。"偶然"即"不是有意的",然而我们的生命中有很多有意安排的东西。王维这一时期住在终南山里,在山水当中人不必有意,全部是天意。今天走到哪里,与谁谈话,都不必在意,谈完了也就走开。这时,王维的生命没有了"相逢意气为君饮"的热情,转为了安静。

我觉得安静是更大的热情,是更饱满的热情。很多人觉得安静是因为热情幻灭,但也可能是热情到了更饱满的状态,开始平静无波。王维看到一个完全不认识的樵夫,跟他谈谈话,谈到忘了回家。这是不是也是一种"相逢意气为君饮"?不到中年,大概很难了解这种人生态度。以前一拍胸脯，马一绑好，就上楼喝酒了，那是年少时期的意气风发。现在是"谈笑无还期"，大家又谈又笑，一面说一面走，忘了回家。"还期"当然也可以是张若虚讲归宿时用到的"不知乘月几人归"的"归"那样带有象征性的字眼。

我们的生命本来应该与这些田野当中最自在的生命在一起，对方不是知识分子，也不是做官的人，没有太多心机。王维在这里有很多感慨，因为他在政治上受过巨大的惊恐与压迫。他"偶然值林叟"，谈谈笑笑可以忘了回家，因为这里就是家，长安的繁华早已成为过去。

即此羡闲逸，怅然歌《式微》

他经营的不是山水，而是自己的心境

《渭川田家》是对农村生活的描述，可是这种描述与农业伦理关系不大，而是描写一个人在土地里的自在与随意。

渭川田家
斜光照墟落，穷巷牛羊归。
野老念牧童，倚杖候荆扉。
雉雊麦苗秀，蚕眠桑叶稀。
田夫荷锄立，相见语依依。
即此羡闲逸，怅然歌《式微》。

"斜光照墟落"，黄昏的时候，阳光斜照着一个破破烂烂的村落。"穷巷牛羊归"，一个小巷子里，牛羊在回家。"野老念牧童，倚杖候荆扉"，老翁站在那里念叨着孙子早上就牧牛去了，怎么到现在还没有回家。他倚着手杖，在柴门前等着孙子。这个画面很像纪录片。

"雉雊麦苗秀，蚕眠桑叶稀"。这是在讲季节，讲自然规律。听到山鸡叫，就知道麦子将要抽穗；看到蚕眠，即蚕要结茧的时候，就知道桑叶快没有了。王维把我们带到自然规律当中，安慰我们人世的幻灭繁华没有那么重要。大自然本来就有秩序，只是我们有时候不安静，看不到它的规则。王维用文学把我们带到了自然面前，让我们知道水原来就是云，云遇冷下雨，又变成了水，这是一个循环。我们希望自己是云，不要是水，是我们自己在分别。在佛教的因果中，水与云根本是同一个因果。我们要的，与我们不要的，是同一个循环的因果。

"田夫荷锄立"，农民扛着锄头回到村子里，"相见语依依"，这是我在乡下常常看到的景象。王维是进士出身，做到高官，但此刻的他真的与"田夫"完全一样。我觉得他经营的不是山水，而是自己的心境。"即此羡闲逸"，这个时候才开始知道闲逸是多么值得羡慕的事。"怅然歌《式微》"，他还是有点感伤，因为前半辈子没这样过，所以唱起《诗经》中的"式微，式微"，这是一首劝人退隐的诗歌，可是以前没有真正懂过。

《送别》也是王维很重要的一首诗。

送别

下马饮君酒，问君何所之。
君言不得意，归卧南山陲。
但去莫复问，白云无尽时。

没有人不懂这些诗句，可是也许很难体会王维写这首诗的心境。这里面写的是知识分子进入官场之后的告别，在唐朝文化中，终于产生了与政治告别，与繁华告别，去找回自己。"下马饮君酒"，还是延续着《少年行》中的"相逢意气为君饮"。今天还是能喝一杯酒，可是喝完就走了吧。没有了之前巨大的热情，可是看到了生命更长远的可能性。

我们再看《山居秋暝》。

山居秋暝

空山新雨后，天气晚来秋。
明月松间照，清泉石上流。
竹喧归浣女，莲动下渔舟。
随意春芳歇，王孙自可留。

"明月松间照",月光照在松树之间。"清泉石上流",泉水在石上流淌。很简单的诗句,可以看出王维回到自在的状态了。

再来看《汉江临泛》。

汉江临泛

楚塞三湘接,荆门九派通。江流天地外,山色有无中。
郡邑浮前浦,波澜动远空。襄阳好风日,留醉与山翁。

这首诗是在描述风景,"江流天地外,山色有无中"这两句诗在美术史上影响很大,使中国绘画中出现了"空白"。我们看到一条河流一直流,然后到天地之外,远得看不见了。比天地还要大的空间就是"空白"。山是什么颜色呢?它的颜色一直在跟着光线变化,山色最美的地方在有与没有之间。在这之前的绘画都是彩色的,王维的诗却预示了墨色要战胜彩色。后人提出"墨分五色","有无中"与"天地外"开创了一个新的绘画派别,使美术史出现"留白"与"水墨"。

如果不是长时间地看山水,不会发现王维所描绘的意境。他真的是一直在看山看水,一直看到山与水的本质。一千多年来的水墨画,以留白与水墨为主体,与王维贡献出的这种生命经验有关。

王维还写过《酬张少府》。

酬张少府

晚年惟好静,万事不关心。自顾无长策,空知返旧林。
松风吹解带,山月照弹琴。君问穷通理,渔歌入浦深。

如果要问生命是否绝望,是穷还是通,就去听听那些渔人唱歌吧。在河边捕鱼的人,让王维领悟到很多。真理不在哲学里,不在宗教里,而是在民间生活中。

第四章

李白

蒋勋说唐诗 上
从王维到李白

诗歌的传统与创新

不完全讲究个人的创新，
更注重与族群长久的情感记忆融合

　　初唐对语言和文字的琢磨，已经到了极成熟的阶段。到李白与杜甫时，诗几乎成了文人生活的习惯。诗在当时与现在的流行歌非常类似。李白与杜甫的很多诗题里有"行"字，如《长干行》《兵车行》《丽人行》等。"行"是从汉代乐府诗歌延续下来的，也就是歌曲的调子，可以在一个调子中放进新编的歌词。《长干行》在当时就是可以吟唱的歌，保有很明显的歌谣形式。长干是一个地名，在现在的南京市秦淮河以南，《长干行》就是在这个地方流行曲的调子。诗人利用流传很广的民谣调子，写出自己心里的感觉，编成了新的流行歌。"行"的创作与传统之间有很密切的关系，如果有一个诗人想传达他的情感，就会借用这个曲调，把词改变一下，而有了新的情感。

　　唐朝的诗有如此高的成就，大概也是因为把传统与创新结合。那意味着，在旧形式当中，放进新的思想情感。宋词也保有这种特性，不完全讲究个人的创新，更注重与族群长久的情感记忆融合，唯其如此，才能变成大众容易接受的艺术形式。

　　汉代的乐府诗，像"青青河畔草，绵绵思远道"，文字和语言堪称完美，可是久了以后，语言本身不断重复，没有创新，会有点疲乏。这个时候刚好是佛教传入，后来又有"五胡乱华"，涌来了很多新的声音。新的声音不只是音乐，也包括语言。鲜卑语、匈奴的语言、梵语，都是新语言。新语言对旧语言会产生很大的冲击。在民间语言当中，外来语大量涌入，使得旧有语言被瓦解，同时对新语言又刚好是一个机会。

第四章 李白 091

我也期待我们的语言在经过冲击与磨炼之后,能够产生诗的黄金时代,那或许不是我们能够亲眼得见的,可是当下的时代的确在为将来的时代做着准备。魏晋南北朝的诗人,如陶渊明等,其语言模式一直在"四六"之间调整,试图把新的东西放进来。初唐诗人已经成熟了,经过几百年的酝酿,已经是水到渠成。后来的李白与杜甫好像一出口就是诗,丝毫不费力。

角色转换

设身处地是最合适的爱的基础,
只有设身处地才会产生爱

要把情感准确地放在一个句子里多么不容易,可是《长干行》如此简单、活泼。

长干行

妾发初覆额,折花门前剧。郎骑竹马来,绕床弄青梅。
同居长干里,两小无嫌猜。十四为君妇,羞颜未尝开。
低头向暗壁,千唤不一回。十五始展眉,愿同尘与灰。
常存抱柱信,岂上望夫台。十六君远行,瞿塘滟滪堆。
五月不可触,猿声天上哀。门前迟行迹,一一生绿苔。
苔深不能扫,落叶秋风早。八月蝴蝶黄,双飞西园草。
感此伤妾心,坐愁红颜老。早晚下三巴,预将书报家。
相迎不道远,直至长风沙。

在《长干行》中,李白以一个男性诗人的身份扮演第一人称的女性书写。开篇第一个字就是"妾",是女性的谦称。"妾发初覆额",五个字就生动地呈现出一个小女孩的画面。头发刚刚盖住额头,大概就是十岁左右,李白用描写头发来表示年龄,比直接说这个小女孩多少岁要活泼很多,"覆额"这两个字非常具象,这种语言模式也延续下来了。"折花门前剧",小女孩在家门前折了一枝花做游戏,"剧"是游戏的意思。语言模式非常自由,创作者身份的转换也非常自由。

唐诗中很多闺怨诗都是男性写的,常可见男性诗人会转换成女性第

第四章 李白

一人称,作者会假设自己是一个幽怨的妇人,情感非常细腻。比如"长相思,在长安"[李白《长相思》(其一)],就是典型的闺怨诗。在文学中,角色可以改换,如《红楼梦》里,曹雪芹一会儿是林黛玉,一会儿是薛宝钗,一会儿是薛蟠,一会儿又是贾瑞。作为小说的创作者,他的角色一直在改换。当他在写林黛玉的娇弱、幽怨的时候,他绝对就是林黛玉。文学与艺术有趣的一点是使单一角色变成多样角色,从而使生命获得宽容度,对人有更多的了解。

写《将进酒》的李白豪迈粗犷,写《长干行》的李白却成为一个哀怨的女子。角色越能够多样转换,社会心理就越健康。当一个时代封闭、狭窄的时候,个人在社会上的定位是不能改换的。如果角色可以设身处地地转换,社会中的对话会相对丰富。

唐朝是一个非常豁达活泼、充满生命力的时代。在唐太宗或者武则天身上,都可以看到时代文化的多重性。武则天从一个"才人"成为一个帝王,角色转换了很多次,她每次都扮演得精确。写《长干行》的李白也在演一出戏,他已经将自己的角色转换成一个刚刚剪了刘海、折了一枝花在那里游戏的小女孩。

文学与艺术,或者说美的世界,对人生最大的贡献,是把我们带到一个不功利的状态。所谓"功利",就是每个人囿于自身的角色定位,无法去理解他人。文学与艺术会使人转换,从他者的立场与角度来观察生命现象。设身处地是最合适的爱的基础,只有设身处地才会产生爱。那些攻击、对立,都是因为没有设身处地。因为夸大了自身的立场,所以对方都是错的。对于多元性不包容,角色不能转换,都与"诗"无缘。

青梅竹马

他描写的仿佛就是我们的生命经验，
他把清纯的童年玩伴的感觉书写出来了

"郎骑竹马来，绕床弄青梅"，男孩子骑着竹马跑来看这个小女孩，小女孩在那里玩手中的花。"青梅竹马"和"两小无猜"的典故就从这首诗里来。当语言变成一粒珍珠后，永远不会消失。这是李白的创作，同时又是我们今天都在用的语言。

如果要描述小男孩、小女孩的童年关系，任何抽象语言都不如"郎骑竹马来，绕床弄青梅"来得生动、具象，这两句诗很有画面感。李白生活的时代离我们一千两三百年远，但他描写的仿佛就是我们的生命经验，他把清纯的童年玩伴的感觉书写出来了。这首诗里的情感平实到惊人，即便里面发生了很多悲剧、喜剧，但从头到尾都是最平铺直叙的描述。这里面一开始"妾发初覆额"的"妾"字，第一人称一旦定位，就好像展开了一生的回忆。

"同居长干里，两小无嫌猜"，是对童年阶段的描述，"嫌"与"猜"都是成人世界的东西，对孩子来讲不存在。简练的语言，就很精准地把童年的单纯，以及小孩子之间没有任何猜忌的感觉刻画出来了。

到十四岁又是一个新的阶段——"十四为君妇"，女孩嫁到了男孩家。到这里可以确认这首诗是女子对一生的回忆，她从童年开始，回忆自己一步一步成长的过程。就好像是电影的倒叙，一个个画面重新出现。这不是充满戏剧性的伟大爱情，而是在长干这样一个南方小镇当中一起长大的两个人的生命经验。他们两个顺理成章成为夫妇，"十四为君妇，羞颜未尝开"，有一点害羞，所以"低头向暗壁，千唤不一回"。又是一个具象化的画面，几乎令人想到侯孝贤的电影《悲情城市》里面那种女孩子的腼腆，语言形式已经成熟到了自然的程度。

呼唤女孩的人是从小一起长大的玩伴，在"千唤不一回"中，两个人开始有了新的情感、新的恋爱、新的缠绵。前面那段青梅竹马不是恋爱，只是童年玩伴的关系。女孩的恋爱是嫁到这一家后开始的，她重新确定了自己的角色，也确定了另一个人的角色，他们之间不再是过去打打闹闹的状态。现在彼此有了缠绵，也埋下新婚离别的哀伤。

"十五始展眉"，经过一年新婚，十五岁开始懂得新妇的喜悦与快乐。"低头向暗壁"与"十五始展眉"形成一个对比。"愿同尘与灰"，发愿希望两个人的关系就像灰与尘一样，形影不离，且卑微平凡。可是这个愿望没有达成，因为"十六君远行"。"十四为君妇""十五始展眉""十六君远行"，分别是对三个年龄的回溯，仿佛三个电影蒙太奇画面，堆叠成生命里面的巨大转换，从害羞到喜悦，再到分离的哀伤。

我们可以用现代的电影手法，来思考李白这首诗的精彩。这首诗竟然有这么强的现代感，其最迷人的地方在于，它不仅存在于汉语当中。我曾经用法文将这首诗念给法国朋友听，他们都被感动了。李商隐的诗很难用其他语言转述，可是李白的诗可以。因为李白写的是事件，像电影画面一样直接。"覆额""郎骑竹马来"，都可以成为画面，这个画面可以用另外一个语言系统来传达。李商隐对汉字力量的依靠太强，翻译起来非常难。今天在全世界知名度最高的汉语诗人可以说是李白，他的诗被翻译成很多种语言，他的创作不仅将汉语诗推到了极致，而且抵达了其他语言系统。

李白在这首诗中一步一步过来，写到十四、十五、十六岁。"常存抱柱信，岂上望夫台"，这里用了两个典故，"抱柱信"是一个典故，"望夫台"是一个典故。李白的厉害之处，就是把典故转化成语言的对称形式,让我们没有感觉到典故的存在。

"抱柱信"就是尾生之信,尾生和一个女子约在桥下,女子一直没有来,结果水至不去,尾生甚至还抱着柱子,最后被淹死了。这是一个非常感人的故事,为了一份信诺而死,极其缠绵与凄厉。我想,对典故来说,它已经不是合不合理的问题,而是已经成为群体的某一种记忆。

"望夫台"则是讲一个男子远离家乡,他的妻子一直盼望丈夫回来,盼望着盼望着,后来就化成一块石头,就是所谓的"望夫石"。这也是民间传说,这里想说的是即使天崩地裂,发生最大的灾难,妻子还是盼望着,可是没有想到最后她变成了望夫石。这两个典故,是非常精彩的转换,对仗非常工整。李白的语言与文字模式,已经精简到可以把典故化成非典故状态。即使不知道这两个典故的读者,阅读时也没有多大困难,因为可以直接从对仗关系里领会抱柱信的执着与望夫台的哀伤。我们还有"抱柱信"与"望夫台"的坚持与执着吗?

定 格

生命已经定格,岁月如此缓慢。
丈夫走了之后,好像时间再也没有变过

十四岁、十五岁、十六岁是电影上的蒙太奇,之后却是镜头的定格。这个女子在"十六君远行"之后,她的生命就"停止"了。所以下面全部是对十六岁那一天的回忆。三个快速闪过的画面之后,忽然定格,一下停掉。

我们一生当中,总有一个时刻是永远停在那里的。日本电影《下一站,天国》也有类似的表现手法。影片假设人去世以后,到天国之前,要到一个"办公厅",里面的工作人员问你这一生不管活多久,有没有一个定格的时刻是特别想要回忆的。有的人怎么想都想不起来,有的人比较确定,那个定格很快就找到了。找到以后,他们会帮你复原场景,然后拍一张照片。这张照片就是带到天国去的护照,所谓的天国,就是这一生那个愿意定格的回忆。

王鼎钧的《左心房漩涡》(散文集)里写到他当年在月台上等火车,一边的车是到北方,投奔共产党;另一边的车要南下,然后坐船去台湾。很多大学生在月台上等火车,有人在那一晚的月台上转换了立场,各自踏上了不同的旅程。这就是生命里的一个定格吧。

丈夫从四川出发,"瞿塘滟滪堆",狭窄山谷中有块大石头叫"滟滪堆",船碰到滟滪堆,就会触礁,所以很危险。"五月不可触",这个女子回忆,当时她一直跟丈夫讲,五月是潮水最危险、最不可以行船的时候,可不可以不要走。因为枯水期这滟滪堆还看得到,到了五月,高水期,水位高过石头,船很容易触礁,这都是她的回忆。事实上,我们知道

第四章 李白

她的丈夫已经走了,这是倒叙出她的叮咛。这是女子的定格,男子的踪迹我们并不知道,全部是女子自己的感受。"猿声天上哀",三峡的船过去时,两岸的猴子都在叫,叫声非常悲哀。这个女子没有走过这条路,可是她觉得她听到了猿在两岸啼叫的声音,"哀"是讲她自己。她在这里一直讲,只是在讲那个定格而已,用各种方法讲,讲"瞿塘滟滪堆",讲"五月不可触",讲"猿声天上哀"。

"门前迟行迹,一一生绿苔"。丈夫走的时候,门口留下脚印足迹,旁边的人大概根本没有发现,可是她还在注意,日子久了以后,脚印看不到了,可是那些痕迹还在,只有她看得到青苔底下的脚印。其实那就是记忆当中的定格,永远的定格。缠绵到了这么深的地步,深情到了这样一种状态。而一个新妇的喜悦,忽然转成了好像永远不能够弥补的哀伤。

我常常觉得，幸好在我们的文化当中有这样的诗存在。我自己出过一本书叫《情不自禁》，就是想谈这种情感。我们的文学传统不太敢触碰私情，比如《陈情表》，讲的是孝道、报恩，一种情感要被扩大到某种状态，才被认可，才可以放在正统里作为典范。然而，一种文化里面，如果私情没有办法被肯定，其他的大爱就会空洞、虚假。私情本身是社会伦理架构里面非常重要的因素。所谓的忠与孝都是大爱，但是如果我们不去眷顾这样一个女性，体会她看似微不足道的情感遗憾，那份大爱也很可疑，就会被架空。

私情是大爱的一个基础，回到一个个人最能够了解、最能够体谅、有切身之痛的私情的时候，它扩大出去的意义会比较不一样。林觉民的《与妻诀别书》○，是从林觉民的角度出发书写的，"意映卿卿如晤"是非常美的六个字，可是"意映"面目模糊。我很希望他的妻子意映也写一篇文章出来，是她的私情——当她知道自己的丈夫被关进监牢，要被杀头，她要带着年幼的孩子长大的那种私情。这应该成为文化的另外一个角度。如果没有这个角度，大爱会不平衡、不平均。也会害怕这份所谓的大爱容易被某些政治的东西操控。如果没有私情作为平衡，大爱会很盲目。

看到门前的行迹，"一一生绿苔"，早上想把青苔扫掉，可是"苔深不能扫"。生命已经定格，岁月如此缓慢。丈夫走了之后，好像时间再也没有变过。"苔深不能扫"的时候，感伤就更深了。"落叶秋风早"，怎

○《与妻诀别书》，是林觉民在广州起义前三天写给妻子陈意映的绝笔信，原写在一块手帕上，作者牺牲后由其友人寄给了陈意映。信中生动地反映了革命党人为了改变"遍地腥云，满街狼犬"的黑暗现实，为了挽救国家的命运，为了千千万万劳苦大众的幸福而不惜抛头颅、洒热血的大无畏精神，同时也表达了作者对妻子深挚的爱恋之情。

第四章 李白

么好像才刚刚是春天,叶子就掉了?这句诗从电影技巧来看非常惊人,是用扫地带出了落叶,如果从画面来看,这首诗完全可以变成电影。从"苔深不能扫"到"落叶秋风早",不仅声音上押韵,而且从女子扫地到叶子飘落,镜头转换完全合理。看到落叶,才意识到原来已经是秋天了。在孤独与哀伤中,问秋天怎么来得这么早。"八月蝴蝶黄,双飞西园草"。在这个定格当中,会看到很多画面,一些对别人来说微不足道的画面,全部变成女子的感伤。"感此伤妾心,坐愁红颜老"。"扫""早""老"几个转韵,时间逝去,这种感伤是因为觉得大概这一辈子就是这样发愁了,自己的红颜就要如此老去了。这就是定格。生命已经不会再有新的事物发生,就停留在这样一种状态。之前十四岁、十五岁、十六岁的速度那么快,现在一天被拉长,变成一个永无止境的回忆。

文学艺术里的结尾非常重要。"早晚下三巴,预将书报家"。如果有一天丈夫真的从上游回来,经过三巴,至少先写一封信,早一点让我知道这件事。"相迎不道远,直至长风沙"。我要去迎接你,可以远到长风沙这一带。这里是用地名描述自己的期待与喜悦,这种结尾给整首诗一种完整度。

民歌本身经过一代一代的口耳相传,已经有了最完美的形式,完美度是个人的创作永远比不上的。很少有诗人像李白这样,个人创作达到如此高的完美度。从"妾发初覆额",到最后"直至长风沙",所有的音调,所有的文字铺叙,所有的场景发展,到了无懈可击的地步。唐朝的文字与语言高度成熟,语言经过了外来语言的冲击,支离破碎之后重新组合,内容与形式之间完全融合。在读这首诗的时候,不会觉得李白费力,好像很自然就写出来了,这个不费力是时代的水到渠成。李白如此华贵,又如此民间,不关心"人",不关心"庶民"和"百姓",不会懂李白的《长干行》。

浪漫诗的极致

这种带动又不是煽动性的,
而是通过视觉与听觉把我们直接带到山川中去,
经历一个危险的过程

《蜀道难》这首诗运用的技巧比较复杂,包括押韵、文法、结构。如果把《蜀道难》分段,用现代诗的方法做排列,就会发现这大概是中国文字结构上,长短句子变化最大的一首诗。就句型上来看,《诗经》多是四言,《楚辞》以六言、七言为主,汉代古体诗是五言,乐府诗句型较为参差。"妾发初覆额,折花门前剧。郎骑竹马来,绕床弄青梅"沿袭了五言的形式,《蜀道难》句型变化多端,用不同的音节带出饱满的情绪。

蜀道难

噫吁嚱,危乎高哉!蜀道之难,难于上青天!蚕丛及鱼凫,开国何茫然!尔来四万八千岁,不与秦塞通人烟。西当太白有鸟道,可以横绝峨眉巅。地崩山摧壮士死,然后天梯石栈相钩连。上有六龙回日之高标,下有冲波逆折之回川。黄鹤之飞尚不得过,猿猱欲度愁攀援。青泥何盘盘,百步九折萦岩峦。扪参历井仰胁息,以手抚膺坐长叹。

问君西游何时还?畏途巉岩不可攀。但见悲鸟号古木,雄飞雌从绕林间。又闻子规啼夜月,愁空山。蜀道之难,难于上青天,使人听此凋朱颜!连峰去天不盈尺,枯松倒挂倚绝壁。飞湍瀑流争喧豗,砯崖转石万壑雷。其险也如此,嗟尔远道之人胡为乎来哉!

剑阁峥嵘而崔嵬,一夫当关,万夫莫开。所守或匪亲,化为狼与豺。朝避猛虎,夕避长蛇,磨牙吮血,杀人如麻。锦城虽云乐,不如早还家。

第四章 李白

> 蜀道之难，难于上青天，侧身西望长咨嗟！

我曾经试着用现代诗的方法去改写《蜀道难》，发现"噫吁嚱"是三个单音，就是三个"啊"，不应该连在一起。这种形式在《诗经》《楚辞》、汉乐府和其他唐诗中都看不到，李白在语言的创造上真是大胆。这三个单音非常像贝多芬的《命运交响曲》开始时的那几个重音。

音乐家傅聪一直认为自己在诠释贝多芬的时候，最喜欢用的是李白的诗。西方人在傅聪的钢琴当中听到某一种热情，好像是贝多芬，又有一部分不完全是贝多芬，他们一定不知道这部分来自李白。

在我们的文学中，激情常常被压抑，会以比较含蓄的方法处理，李白却在《蜀道难》中，以"噫吁嚱"把情感一下释放出来。感叹词为什么会出现？是因为觉得情感饱满、洋溢到形式无法容纳，必须这样表达。"噫吁嚱"只有声音的存在意义，没有文字的存在意义。当对一个情境简直无言以对时，就会发出"啊！"的感叹。

感叹之后，才可以写出有意思的字，也就是"危"和"高"。李白直接把我们带到这么危险的一条路上，接下来是"蜀道之难，难于上青天"。这句话，通常断句在第一个"难"，如果我断句，不会断在"难"。"蜀道之难难于上青天"，应该是一个连接，两个"难"字一起出现的时候，有更大的连转性。

一个好的诗人不只是写文字，而且还写视觉上的那种感觉。在"高""危"的路上，无论从上往下看，还是从下往上看，两端的空间都非常大，视觉上就是拉长的感觉。如果没有前面的短句子，"蜀道之难难于上青天"这么长的句子出不来。李白先用三个字的短句子，然后用两个字——"危"和"高"，再加上两个感叹词——"乎"和"哉"，成为稍微长一点的句子的衬托，再到"蜀道之难，难于上青天"，五个短音衬出一串长音，形成一个强烈的对比。在视觉上也是对比，而且放大了。

"蚕丛及鱼凫",这句诗很拗口,我是到了三星堆(三星堆遗址位于四川省广汉附近),才知道什么叫"蚕丛",什么叫"鱼凫"。蚕丛和鱼凫都是远古蜀王的名字,可是如果把典故拿掉,还是很有感觉。我一直把这一段当成人类文明的进化过程,"蚕丛"令我想到宇宙洪荒时的很多昆虫,"鱼"和"凫",就是昆虫世界已经有鱼和鸟了。为什么我们说"诗无达诂"?如果有人注解说蚕丛是蜀国第一代皇帝,鱼凫是第二代皇帝的名字,其实没有什么意思。我还是希望大家感受文字自己的美丽。我们忽然被李白带进了洪荒,好像进入了洪荒丛林当中。

李白开始追溯这一条路最早什么时候存在。"开国何茫然!尔来四万八千岁……",他用一个抽象数字,来表示时间上的茫然。"开国何茫然",也真的是很茫然,这里讲的开国,不仅是蜀国,还有宇宙洪荒的开辟。人没有记忆,文字都没有记录的年代,叫作"开国何茫然!尔来四万八千岁,不与秦塞通人烟"。还有一个版本写作"始与秦塞通人烟",都是说有一段漫长的岁月是跟秦地没有来往的。这也说明蜀文化的独立性。这首诗对解读三星堆的蜀文化有很大帮助。李白描述了他自己进入这样一个奇险风景时的情感。"西当太白有鸟道,可以横绝峨眉巅",太白山上有鸟可以飞过的道路,但人过不去,因为全是悬崖峭壁。"横绝"两个字用得极好,这里用鸟类的飞翔带出俯瞰的角度。太白山在陕西省,峨眉山在四川省,这些连绵不断的山峰阻绝了中原与巴蜀的来往,李白用鸟的飞翔,来书写这一大片领域。李白的"设身处地"不仅可以将自己设身成妾,还可以设身成鸟。他忽然就变成了那只鸟,然后从鸟的视角来看宇宙中的风景。

"横绝"是讲鸟,通过这种描写,呈现出太白山与峨眉山的状态。这里面可以看到李白与庄子的关系,庄子写过"北冥有鱼",然后那个鱼忽然异想天开要变成鸟,就变成大鹏飞起来了。庄子从心灵的自由出发,鼓

第四章　李白

励生命不断转换形式，李白也是如此。李白是一个诗人，他一下变成一个发愁的女人，一下又变成一只飞翔的鸟。在《蜀道难》当中，即使有第三人称的客观性，第一人称的主观性也常常表现出来。

"地崩山摧壮士死，然后天梯石栈相钩连"，念一下这个句子，感觉一下节奏吧。这是我们非常陌生的节奏，传统古典诗里很少有这种节奏。读"地崩山摧壮士死"时，节奏不会快，而"蜀道之难，难于上青天"是快节奏，可以对比一下。下一句，"然后""天梯""石栈"都是两个字，二加二再加二，节奏一定会慢下来。通常是二加二再加三，可是这里李白把速度放慢了，如果用音乐形式来解读李白，把"然后"拿掉，直接接到"天梯石栈相钩连"，速度不会这么慢。

"天梯""石栈"是讲在悬崖峭壁上做栈道。这里写的是开辟蜀道的过程。可能先是炸山、劈山，死掉很多人，然后在峭壁上一个个打桩，铺上石板连成栈道。《明皇幸蜀图》描绘的是唐明皇到四川去的景象，那张画里就有石栈，画面上可以看得很清楚，就是在峭壁上架出栈道。

"上有六龙回日之高标，下有冲波逆折之回川"，有令人眩晕的感觉，李白把视觉先拉到上，再拉到下，上面是巨大的天体运行。"六龙回日"用了典故，中国神话里认为是六条龙替太阳神拉车。"六龙回日之高标"，太阳神的车子碰到蜀山最高的位置了。"冲波逆折"，峡谷里面的水在回旋冲刷。这是非常精彩的描述，整个视觉忽上忽下遨游，完全被放大。

前面我们说到"然后天梯石栈相钩连"，已经在文字句法上对唐诗当中最常见的五言句式、七言句式产生了破坏，这里的"上有六龙回日之高标，下有冲波逆折之回川"又都是"二二二三"的关系。这两个句子是从南朝的四六骈文演变出来的。"关山难越，谁悲失路之人？萍水相逢，尽是他乡之客"（王勃《滕王阁序》）就是这种四六句式。

再往下看,"黄鹤之飞尚不得过,猿猱欲度愁攀援",在语言的节奏上,李白似乎一直在给我们设置阻碍,读这首诗会觉得不顺,可是又不知道原因何在。其实是因为节奏一直在发生变化,比如"黄鹤之飞尚不得过"是"四四"的关系,"猿猱欲度愁攀援"又回到了"四三"的关系。有时候只是一个字的差别,读起来却觉得节奏有很多变化。下面又进入五言与七言,比如"青泥何盘盘"是五言,"百步九折萦岩峦"又变成七言。我们仿佛在跟着李白爬山,走在坎坷的山路上。他的语言和节奏也是坎坷的,有很多的阻碍,让我们读起来不那么顺畅。他似乎想让我们体会爬山的艰难,那个艰难全部转成了语言上丰富的变化。

下面还是以五言和七言为主调。"扪参历井仰胁息","参""井"是星宿的名称,描述在爬山时,到了晚上,看到满天的繁星,因为山很高,星星仿佛可以摸得到,使人凝神屏息透不过气。"以手抚膺坐长叹",这是客观的描述,用手拍拍自己的胸膛,赶快坐下来,两只脚都瘫软了。李白交替用客观与主观两种描述方法,将我们带到爬山的惊险晕眩过程中。

有人认为《蜀道难》是写唐玄宗逃难到四川的故事,"问君西游何时还"就好像问唐玄宗:你到西边来,什么时候回去啊?我不喜欢这种太政治的解读。我觉得李白关心的不是现实,而是在描述生命的流浪与自我放逐。在他的诗中,生命从人的世界出走到自然的世界,体会到一种孤独感。我更愿意相信李白这是在问自己,这样的流浪、这样的彷徨什么时候会结束,什么时候找回自己。那是一种对内心世界的叩问。

"问君西游何时还?畏途巉岩不可攀","畏途"是风景里面最危险的路途,"巉岩"是最陡峭的崖壁,当然也可以引申为人世当中到处是小人陷害的危险路。我不希望在解读这首诗时离开李白对自然的描述。李白应该不是那种纠缠于琐碎事情的人,当然历史上他曾被小人陷害过,可是

第四章 李 白 107

我总觉得他那么潇洒,也许爬山时就会忘掉这些。我们去爬一座大山时,会感觉到仿佛在挑战一种精神,然后会把心中的污浊之气全部抛掉。在旅途当中读李白是最大的愉悦,在自我流浪的过程中,会体验到"但见悲鸟号古木,雄飞雌从绕林间"所描写的自然世界中苍老的林木和鸟凄厉的叫声。

"又闻子规啼夜月,愁空山",在夜晚的月光下听到子规鸟(杜鹃)的啼叫。蜀国的皇帝死后化为鸟,也就是古望帝,不断地叫,一直要把春天叫回来。几句七言之后,又出现了三言。李白总是带给我们意外,无法预知他接下来的节奏,仿佛是行山时的峰回路转。很少有文学作品可以通过对语言与节奏的把握,直接表现这样惊险的过程。

我们再回头看一下,"扪参历井仰胁息,以手抚膺坐长叹。问君西游何时还?畏途巉

岩不可攀。但见悲鸟号古木，雄飞雌从绕林间。又闻子规啼夜月，愁空山"，这些诗句似乎进入了七言诗的规则当中，忽然又用"愁空山"把七言收住，进入另外一个不同的节奏，有点像交响诗，每一段带我们体验不同的风景。"又闻子规"是平铺直叙，"啼夜月"令人想到很多民谣。这里描述的是一个很苍凉的景象。"愁空山"与"啼夜月"刚好相对，所以这三个字并不突兀。在荒凉的山里，看到一轮月亮出来，听到鸟的叫声，在山路上时常会看到这种场景。我一直觉得教会我读李白的不是学校，而是山水。

"蜀道之难，难于上青天，使人听此凋朱颜"，光是听叙述就已经让人吓得脸变色了。"感此伤妾心，坐愁红颜老"是说在时间的迁徙中一个女子慢慢老去的悲哀；现在讲的则是男性在山中经历的惊险，好像一听到那种惊险，整个青春都凋谢、憔悴了。这里也是一个强烈的对比。

"连峰去天不盈尺"，山峰与天快接到一起，"枯松倒挂倚绝壁"，绝壁枯松往下垂挂。我们刚刚被李白带着仰望了天，又往下看到悬崖峭壁上向下生长的松树，然后他开始描写峡谷里的水，"飞湍瀑流争喧豗，砯崖转石万壑雷"。如果大家去过太鲁阁，就可以理解诗里面描述的景象了。大山把水封住，水出不来，立雾溪像一把刀子，用水切割山。我们觉得立雾溪峡谷漂亮，是因为溪水在切割那山，好让自己有一条路奔向海洋，水就变成激流。水碰到石头会转弯，在转弯的过程中不断切割冲刷，就变成"飞湍瀑流争喧豗，砯崖转石万壑雷"。水声成为雷声轰隆。

之后忽然出现"其险也如此"，这五个字根本是散文而不是诗。这个时候李白跑出来告诉你："你看多危险！"李白为什么要这样处理？因为他要产生诗句上的大变化，各种叙述方法都要用到。"嗟尔远道之人胡为乎来哉！"他的角色又转换了，"嗟"是叹惋之辞，说远道之人，你们从那么远的地方来，为什么来这里呢？好像是山水在问人。"其险也如此"

是李白说好危险,忽然一个"啊",好像是荒山在问:"你们这么远跑来干什么呢?怎么会跑到这个地方来呢?"大概没有其他的诗人可以在一首诗里做这么多角色转换。

"剑阁峥嵘而崔嵬",又出现了新的句型。"剑阁"形容极为险要,"峥嵘而崔嵬"是描述它的险峻。下面,"一夫当关,万夫莫开",我们现在常常用的成语出现了,李白用很通俗的语言,直接把险要的感觉讲出来。

"所守或匪亲,化为狼与豺"又回到五言诗的形式。这是比较有叙述性的句子,说只要一个人守在剑阁,几万人都打不开这座城,因为旁边全是悬崖,只有一条路可走。"一夫当关,万夫莫开",这个人非常重要,如果不是亲信在这里,那就完了,"化为狼与豺"是说他可能会变成对抗你的豺狼虎豹(叛乱者)。武侠小说里总说"天下未乱蜀先乱",因为在蜀地有一个人一叛变就完了,四川就独立了。四川一直保有这种山川形势上的特征。下面又出现了四个字的句子:"朝避猛虎",早上躲避猛虎;"夕避长蛇",晚上躲避长蛇;"磨牙吮血,杀人如麻",不仅山路是危险的,还有这么多危险的动物,人还要与动物搏斗。所以"锦城虽云乐",四川成都虽然是天府之国,但"不如早还家"。想到"蜀道之难,难于上青天",所以"侧身西望长咨嗟",还是要发出感叹。

这首诗大概是浪漫诗的极致,里面描述的心情跌宕起伏,汹涌澎湃,完全可以用贝多芬最好的交响曲来做对比。我们在读这首诗的时候,情绪一直被李白带着走,越来越高亢,这种带动又不是煽动性的,而是通过视觉与听觉把我们直接带到山川中去,经历一个危险的过程。

盛放与孤独

生命总是要追求快乐的，
要追求快乐就要趁年少青春

读过《长干行》，读过《蜀道难》之后，再来看大家最熟悉的《月下独酌》，这首诗在形式上一点都不复杂。

> 月下独酌（其一）
> 花间一壶酒，独酌无相亲。
> 举杯邀明月，对影成三人。
> 月既不解饮，影徒随我身。
> 暂伴月将影，行乐须及春。
> 我歌月徘徊，我舞影零乱。
> 醒时同交欢，醉后各分散。
> 永结无情游，相期邈云汉。

"花间一壶酒，独酌无相亲"，在盛放着的花当中有一壶酒，一个人孤独地喝酒，没有人陪伴。第一个意象是盛放的花，第二个意象是孤独。这两个意象是互相矛盾的，繁花盛开怎么会孤独呢？可是李白刚好是身在繁花盛开当中的孤独者，这就在美学上形成了非常特殊的感觉。贵游文学中也有一种自负。自负是孤独的，感觉到青春，感觉到美，感觉到华丽，又不屑于与世俗对话，这是贵游文学中常见的情绪表达。唐朝写王谢家族（六朝时望族）的诗最有名的是"旧时王谢堂前燕，飞入寻常百姓家"，唐朝人感伤的是六朝时富贵的王家、谢家的燕子已经"没落"了，飞入了寻常百姓家。其中有贵游文学的传统，即身处繁华的自负与

第四章 李白

孤独。

"花间"是繁华,"独酌"是孤独,在最孤独的时候,人会渴望知己。如果在人间无所盼望,与人世间的污浊没有办法对话,诗人宁可"举杯邀明月",与月亮或者自己的影子一起喝酒。月亮与影子又是一个华贵与孤独的对比:与月亮喝酒是高贵的,与影子喝酒是悲哀的。华丽与孤独一直在彼此交错。在这首诗中,李白用对比的形式,使喝酒这个事件变成一种生命哲学。"对影成三人",是月亮、影子与诗人自己变成三种生命形式。最终依然是悲哀的,因为"月既不解饮,影徒随我身",月亮是不懂得喝酒的,只是一个寄托罢了;影子也不过是跟在身边,人怎么动,影子就怎么动。这里面有种找不到知己的绝望,在整个宇宙当中,他都没有找到真正可以一起喝酒的对象。孤独到"月既不解饮,影徒随我身"的时候,更为荒凉。生命本质上何尝不是荒凉?

下面又发生了转折,"暂伴月将影",不过是一个短暂的存在,何必在意是否有知己,就把月亮和影子当成朋友吧。不过是偶然交会,就不要在意是否是知己了,还是"暂伴月将影,行乐须及春"吧。李白又回到了华丽,生命总是要追求快乐的,要追求快乐就要趁年少青春。生命那么短,只有一次,为什么不好好地去享乐?李白诗的华丽、孤独、挥霍、享乐主义,构成了他浪漫文学的基础,完全是凄凉与孤独的,可是他又去调侃自己,说"行乐须及春"。

"我歌月徘徊",唱歌的时候,月亮在慢慢移动;"我舞影零乱",跳舞的时候,影子在地上零乱地动着。在这里,"零乱"变成一种苍凉,好像很繁华,可是又很孤独,李白以此来描绘自己影子在地上的状况。用这种方法将自己的心情表达出来。"我歌月徘徊"是比较抒情的感觉,"我舞影零乱"是比较悲怆的感觉,在这首诗里,这两句最令我感动。李白诗中有很多"我",杜甫诗里很少有"我"。李白是一个把自己的生命作为观察主轴的诗人,以浪漫来对抗客观。

"醒时同交欢,醉后各分散"是对生命的最后总结,近于哲学上的感悟。人在没有喝醉以前,彼此认识,同时欢乐,醉了以后,就各自散开,这是在讲生命的状态。

"醒"是理性,"醉"是感性。醒的时候有一种理性对生命的了解,要有人世间的应酬、应对,醉了以后也许就看到了生命更本质的部

第四章　李白

分。醒醉之间看人生，李白在半醒半醉之间，总结出他对生命的感觉。

"永结无情游"，这非常接近庄子的态度。从庄子的角度，生死如四季，循环不已，而且不能强求。我自己也写过类似的句子："人与人之间，一是生离，一是死别，其实并没有第三种结局。"李白在这里讲的"无情游"也是这个意思，虽然有些版本解读"无情"为忘情，或指月、影是无情之物。但所有的"情"不过是短暂的，因为死亡在前面等着。"相期邈云汉"，我们期待生命终结之后，也许有一天在渺茫的宇宙中还会有相遇的机会。在无限的时间当中，还有相遇的缘分吗？既然如此，不必去设定虚拟的情，人生不过是无情之游。无情之游好像是月亮与影子的关系、星辰与星辰的关系，彼此不过是按照自己的轨迹运转，如果碰到了，是一个意外，不碰到，那它本来就是如此，一切如梦幻泡影。

这里我们也可以看到李白诗的一种完整性，就是文学抒情的能力，以及对生命的本质探讨的能力。这首诗从头到尾就是五言，形式上很安静，最后带出了一个最完美的诗的内容。

从《长干行》，到《蜀道难》，再到《月下独酌》，可以看到三个不同的李白。作为创作者，李白不断超越自己、突破自己，不同的诗用不同的形式，脱口而出，纯乎天籁。为什么说李白不可学？因为他的诗出乎天性，几乎没有规则，他的诗，是生命最自然的状态。而杜甫是很刻意地锤炼诗句的，他们是两种完全不同的典型。那要向李白学什么？学生命的状态。学《蜀道难》的方法就是去爬大山，到山里历险，在适当的时刻，真的写诗时，那个句子就会出来。李白的诗不只是一种形式，而是生命直接爆发出来的力量。在小小书斋中是很难理解真正的李白的。

长风破浪会有时，
直挂云帆济沧海

对海洋、对破浪、对太阳的向往，
是他生命的主调

下面的《行路难》（其一）可以看作李白内心的表白。

行路难（其一）

金樽清酒斗十千，玉盘珍羞直万钱。
停杯投箸不能食，拔剑四顾心茫然。
欲渡黄河冰塞川，将登太行雪满山。
闲来垂钓碧溪上，忽复乘舟梦日边。
行路难，行路难，多歧路，今安在？
长风破浪会有时，直挂云帆济沧海。

　　《蜀道难》与《行路难》两首诗写的都是李白所体验到的生命的荒凉与茫然。这首诗是很典型的贵游文学，"金樽清酒斗十千，玉盘珍羞直万钱"，"金樽"是黄金的酒杯，喝着清酒，一喝就是上斗，多么豪华、奢侈，又挥霍。"玉盘珍羞"，用玉做的盘子，盛放着最珍贵的食物。

　　刚经历过贵族的华丽，忽然就变成荒凉——"停杯投箸不能食"，最豪华的菜放在面前，可是忽然把杯子放下来，筷子丢下，不想吃了，因为心里有一种哀伤。"拔剑四顾心茫然"，把墙上挂着的剑拔出来，四面看了一看，心里很茫然。我们不知道李白的悲哀是什么，要对抗的是什么，好像就是心里的一种荒凉。不知道大家会不会偶然有这样的心情，面对着最豪华的物质，有种很大的孤独感，你觉得生命没有意义或者虚无。

第四章 李白

对生命斤斤计较也很难懂李白。

李白的贵游文学不俗气,因为他有种"停杯投箸不能食,拔剑四顾心茫然"的荒凉感,在拥有人世间最大的繁华时选择出走。李白会令我们想到悉达多太子,拥有最华丽的宫殿与最美丽的妃子,还是会出走。

"欲渡黄河冰塞川",讲的是生命的茫然。拔剑四顾,要到哪里去呢?往北走吧,往北走想渡过黄河,可是黄河已经结冰。那么往西走吧,"将登太行雪满山",想爬过太行山,可是满山都是大雪,似乎生命当中都是阻碍,都是困顿。李白会怎么面对呢?他用调侃的方式给了自己一个解放,"闲来垂钓碧溪上",不要这么悲壮,把生命看得悠闲一点吧,不要去做什么伟大的事业,就在小溪边钓鱼吧。"忽复乘舟梦日边",钓着钓着累了,睡着了,梦到自己坐着船到了太阳的旁边。这是李白的浪漫。在无法解决现实中的阻碍与困顿时,他会做梦,用梦来把自己带到最美丽的世界。

人活着,现实的人生如此艰难,每一步走下去都是歧路,都是困顿,都是挫折。李白觉得他唯一的快乐是在酒中与梦中,一回到现实人生,就觉得到处都是陷阱。即使身处繁华,他心里面也是荒凉。

"行路难,行路难,多歧路,今安在?长风破浪会有时,直挂云帆济沧海",但他很少悲哀到底,他会给生命一个巨大的希望,这是李白内在世界里的向往。"会有时"是说要有一个机遇。李白的诗里有豪迈之气,因为他一直没有放弃对大空间的向往。对海洋、对破浪、对太阳的向往,是他生命的主调。但现实中,他时常陷入困顿,想出走又无处可去,似乎走到哪儿都是这样困顿的人生,只好回来寻找心灵的悠闲。

吴宫花草埋幽径，
晋代衣冠成古丘

这里有一种缅怀，
灿烂的南朝、东吴、晋代、繁花、一代精英，
今天都是幽径与古丘

唐朝格式最严格的诗叫作"律诗"。什么是"律"？就是格律、规则。《登金陵凤凰台》是李白很有代表性的律诗。

登金陵凤凰台

凤凰台上凤凰游，凤去台空江自流。

吴宫花草埋幽径，晋代衣冠成古丘。

三山半落青天外，二水中分白鹭洲。

总为浮云能蔽日，长安不见使人愁。

读完《蜀道难》，也许会觉得李白是一个不懂规则的人，因为他那么叛逆地去破坏规则。其实，真正懂得叛逆的人是懂得规则的人，不懂规则的叛逆叫作胡闹。在美学上，叛逆可以被理解为创新。

"凤凰台上凤凰游，凤去台空江自流"，一开始气势就好大。在南京（金陵），传说山上有凤凰翔集，凤凰飞走以后，那个地方就被命名为凤凰台。凤凰是华丽的，是贵族的象征，全身的羽毛都是彩色的。"凤凰台上凤凰游"重复两次"凤凰"，华丽性更高了。第二句开始出现诗人的茫然与悲哀——凤去台空，长江兀自流去。

律诗的第三到第六句最为严格，就是所谓的颔联和颈联。"吴宫花草埋幽径，晋代衣冠成古丘"，完全对仗的两句。李白完全懂规则，只是

第四章 李白

有时候不用这个规则,这个规则只能讲一种话,可是他想讲很多种话,于是他就创造新规则。"吴宫花草埋幽径",曾经建都在南京的吴,华丽的宫廷、花草已经被埋在了荒凉的幽径底下,李白一直在把华丽与悲哀这两个元素做着对比。"晋代衣冠成古丘",东晋文学家如今已经成了古墓荒丘。这里有一种缅怀,灿烂的南朝、东吴、晋代、繁花、一代精英,今天都是幽径与古丘。

"三山半落青天外,二水中分白鹭洲"是最明显的律诗结构,可看出李白运用文字的精准程度。"三山半落"是远远看到三座山耸立在青天之外,然后"二水中分",江水被白鹭洲分割成两道水流。文字构成了一幅画面,我们看到青天外面半落着三座山,白鹭洲分开了两条水流。"三"和"二"当然也只是格律对仗,未必硬解为数字上的"三"与"二"。

"总为浮云能蔽日,长安不见使人愁",最后两句再把意思收回来。这首诗起头很大气,收尾收得有余韵,中间讲规则,三、四、五、六句是最体现功力的地方。

最贵重的是生命的自我反省

空间如此空旷,时间如此短促,我们活着为什么不
"人生得意须尽欢,莫使金樽空对月"?

《将进酒》是大家很熟悉的一首诗,如果说《蜀道难》应该到太鲁阁去读,这首诗则应该到酒楼餐会上读。

将进酒

君不见黄河之水天上来,奔流到海不复回。
君不见高堂明镜悲白发,朝如青丝暮成雪。
人生得意须尽欢,莫使金樽空对月。
天生我材必有用,千金散尽还复来。
烹羊宰牛且为乐,会须一饮三百杯。
岑夫子,丹丘生,将进酒,杯莫停。
与君歌一曲,请君为我倾耳听。
钟鼓馔玉不足贵,但愿长醉不愿醒。
古来圣贤皆寂寞,惟有饮者留其名。
陈王昔时宴平乐,斗酒十千恣欢谑。
主人何为言少钱,径须沽取对君酌。
五花马、千金裘,呼儿将出换美酒,与尔同销万古愁。

在《将进酒》中,李白从一开始就没有遵守规则,他用"君不见黄河之水天上来"开头,"黄河之水天上来"是七个字,李白总是在五与七中间玩游戏,但他不是玩技巧,真的有话要讲,形式的变化是跟着情感在走。"君不见黄河之水天上来,奔流到海不复回",天上来的黄河之

水,气势汹涌澎湃,一直流到海里。唐诗中的空间都非常广阔,时间也非常久远,李白四处流浪之后,生命中有一种豁达与豪迈。空间的无限性接着时间的无限性。

"君不见高堂明镜悲白发,朝如青丝暮成雪","高堂"是指父母,父母对着镜子看见白发,头发早上还是黑色的,到了黄昏就已经像雪一样白了。浪漫的诗非常夸张,这之前是空间放大,现在是时间速度加快,用"朝"与"暮"来形容不过是一瞬间,生命就老去了。在生命老去的过程中,在无限的茫然中,才有了下面的结论——"人生得意须尽欢"。

空间如此空旷,时间如此短促,我们活着为什么不"人生得意须尽欢,莫使金樽空对月"?不要让自己华丽的酒杯空空地对着月亮,有酒就好好去享乐吧。在这里能看到贵游文学最明显的特点,那就是华丽以及华丽背后的感伤。感觉到了时间的压迫性,要让生命去尽情享乐。李白有享乐主义倾向,可是他不是放纵,而是不要荒废生命。如果只有一次生命,如果时间如此短暂,如果父母如此快速地衰老,至少要让自己的生命能够"天生我材必有用"。这个生命如此自信,觉得"千金散尽还复来"。

"烹羊宰牛且为乐,会须一饮三百杯",非常直白,没有任何地方读不懂。这首诗直接唱给岑夫子、丹丘生听,对方就在现场,"岑夫子,丹丘生,将进酒,杯莫停",很有节奏感,似乎李白在拿着筷子敲打酒杯。李白当时似乎是喝得半醉,手舞足蹈,把生命经验直接唱了出来。李白的诗有临场感,读时自己可以走到现场。

李白的缠绵与哀伤非常动人,这首诗里面有很多"君""我""尔",有很明显的对话形式。李白似乎有一个关心的对象,他多次重复"君"字,这里是"请君为我倾耳听"。生命这么茫然,这么没有意义,这么哀伤,可是此刻有你有我,"请君为我倾耳听"是多么动人的感觉。这就是李白的深情,到最后生命其实就是"暂伴月将影",在暂时的情感里栖身。

下面的句子简直像劝世歌:钟鼓馔玉不足贵,但愿长醉不愿醒。古来圣贤皆寂寞,惟有饮者留其名。李白经历了丰富的物质生活之后,发现最贵重的可能是生命的自我反省,所以"但愿长醉不愿醒"。李白常常用"醒"与"醉"来对比生命的美好形态。"醒时同交欢,醉后各分散","醉"变成李白追求的一种生命的本质状态。

"古来圣贤皆寂寞","圣"与"贤"都是在追求生命向外的使命感,所以他们都是寂寞的。"惟有饮者留其名",还是那个喝着酒的人,可以在民间留下一点名声吧。"陈王昔时宴平乐","陈王"就是写《洛神赋》的曹植,他在平乐观举办宴会时,"斗酒十千恣欢谑"。前面有"金樽清酒斗十千",这里又出来"斗酒十千恣欢谑"——挥霍何必在意物质。

"主人何为言少钱",不知道那一天谁请客,有一点不太愿意再拿钱出来请大家喝酒了。李白直接就唱出来:"主人何为言少钱,径须沽取对君酌。"你把酒买来吧,有多少酒都买来。这里面有一种豪迈,生命真是豁达豪迈到让人开心。人们在喝酒,非常吵闹,李白唱起歌来了。这首诗里面有很多现场即兴的感觉。"五花马、千金裘,呼儿将出换美酒",喝到这里,大概没有钱了,就说外面还有一匹马,身上还有貂裘,就叫孩子拿去换美酒。生命不斤斤计较,不琐碎,就靠近李白了。

结尾是"与尔同销万古愁",为了无解的孤独,我们一起来忘掉孤独。李白的美学风格非常清楚,他的美建立在生命的华丽上,与哀伤形成互动。

诗存在于生活中

李白的诗句有生活当中的喜悦与活泼

再看李白一首很漂亮的诗——《金陵酒肆留别》。

> 金陵酒肆留别
> 风吹柳花满店香,吴姬压酒劝客尝。
> 金陵子弟来相送,欲行不行各尽觞。
> 请君试问东流水,别意与之谁短长。

"风吹柳花满店香,吴姬压酒劝客尝",开头就给人一种春天来临的感觉,春天来了,风吹着柳絮四处飞。"吴姬"是江南的女孩子,是卖酒的人,会与客人调笑,"压酒劝客尝"。李白的诗句有生活当中的喜悦与活泼。真喜欢这个"压"字,果然是吴姬,是酒店的中心。

"金陵子弟来相送",大概是李白要离开南京的时候,当地的读书人来送行。"欲行不行各尽觞",应该走了,可是大家不走,还在那边喝酒,越喝越过瘾。"请君试问东流水,别意与之谁短长",别人问:"你这次走,离开我们会不会难过?"李白回答:"你问问水,告别的心情,和水相比谁短谁长?"他是说他哀伤的长度比长江还要长。

下面是李白的《早发白帝城》。

> 早发白帝城
> 朝辞白帝彩云间,千里江陵一日还。
> 两岸猿声啼不住,轻舟已过万重山。

整首诗全部讲速度,一泻千里的感觉,早上离开白帝城的时候,它还在一片白云之间,千里江陵一天就走完了,路过三峡时听到两岸的猿猴一直叫,船已经过了千万座山。真是大才气!绝句只有四句,非常难写,必须把感觉精练地一下子释放出来。清朝乾隆年间御定《唐宋诗醇》说:"顺风扬帆,瞬息千里,但道得眼前景色,便疑笔墨间亦有神助。"这个"神"就是那个时代的气度,以及李白生命的状态,使他写诗可以完全没有任何阻碍。

再看一下李白的《客中作》。

客中作

兰陵美酒郁金香,玉碗盛来琥珀光。
但使主人能醉客,不知何处是他乡。

"兰陵美酒郁金香","郁金香"是讲兰陵出产的美酒,透着郁金芳香,郁金是种香草,浸在酒里,使酒色金黄。"玉碗盛来琥珀光",杯子是用昆仑玉做的,里面装的酒有琥珀的光泽。从这里可以看到李白的生命状态,也形容那碗酒,酒给他的感觉是忧郁、黄金、芳香。最好的法国红葡萄酒令人想到的就是这三种感觉,因为里面有苦、有涩、有香、有黄金的光亮。

"诗仙"和"诗圣"

"仙"是个人化的自我解放，
"圣"则是个人在群体生活当中的自我锤炼

李白和杜甫刚好跨越中国诗歌的黄金时代，成为两个高峰，他们只相差十一岁，可是个性明显不同，我们称李白为"诗仙"，称杜甫为"诗圣"。

李白之所以被称为"诗仙"，是因为在诗的国度里，他是一个不遵守人间规则的人。"仙"的定义非常有趣，李白本身建立起来的个人生命风范，不能够用世俗的道德标准去看待，比如李白的好酒、游侠性格，和对人世间规则的叛逆。可以说李白把道家或老庄的生命哲学做了尽情发挥。杜甫是"诗圣"，儒家生命的最高理想是成为圣人，"圣"需要在人间完成。"仙"是个人化的自我解放，"圣"则是个人在群体生活当中的自我锤炼。

在青春期，很自然会喜欢李白。李白的生命里所呈现出的自由形态，如他的《少年行》中的青春形式，在正统文学里不被鼓励。在整个文化体制中，受鼓励或赞赏的是经过很多历练之后的成熟与稳重。青春的热情、冲动、勇气或冒险，在文化当中很容易被忽略。早期思想家并非没有碰到这个部分，只是生命充满了两难，为了有所偏重，势必造成对某一部分的忽略。李白式的生命形态，年轻、大胆、冒险，在我们的历史当中越来越少，尤其是宋之后。《蜀道难》把我们带到一个惊险的世界，对非规则世界发出感叹，这是我们很少有的体验。我们在成长与求知的过程里，一再听到"读万卷书不如行万里路"，可是行万里路其实很难。大多数时候我们是在书房中，生命的真正历练其实非常少。

年轻时对李白的爱好很容易理解，因为那时很想背叛学校的教育，很想背叛家庭的规矩，想背叛社会的桎梏，很想像李白一样出走冒险。这未必是对李白绝对正确的理解，可是李白令人感觉到他的生命可以豁达到孤独地出走。今天我对杜甫的感动，是在进入中年沧桑之后，开始明白他对人世间的悲悯，以及他把个人放入群体中，对使命与责任的承担。

杜甫的社会性很强，李白则较无社会性，"举杯邀明月，对影成三人"，月亮与影子都要解脱社会性。李白鼓励个人把社会性的部分切断，从独与天地精神往来的个人角度思考生命的意义和价值。儒家对于一个人生命的意义与价值，一定是放在群体当中考虑，比如孝与忠，是在家族与国家里完成自我，如果抽离了家族和国家，个人的意义无从讨论。李白不讨论这些问题，他就是一个孑然的个人。"天生我材必有用"，"我"是一个孤立的个体，而杜甫的每一个动作、每一个行为都是把自己放到群体当中。

"圣"与"仙"是非常不同的两种形态。李白体现了老庄思想的高度完成，杜甫则体现了孔孟哲学的高度完成。宋朝就开始讨论李白、杜甫到底孰优孰劣，从文学的技巧上来讲，杜诗可以学，李白不能够学。李白才气纵横，杜甫有严格的规范，在杜诗的国度中有踪迹可循。

宋朝的苏辙认为李白这样的诗人不道德，说李白"白昼杀人，不以为非"，因为李白的诗句当中有"笑尽一杯酒，杀人都市中"。其实文学创作与艺术创作一样，很难用社会的功利去解读。比如莎士比亚的《罗密欧与朱丽叶》，两个十四五岁的小孩爱得天翻地覆，最后自杀。如果多想一点社会道德或者社会现实，可能会觉得这本书应该禁掉。在《蜀道难》中，最令人感动的是我们必须披荆斩棘，自己开路。宋朝以后的教育体系害怕李白，因为他的诗里对个人出走的鼓励有很多叛逆，还有因为他的创造力。创造力常常被理解为毁灭力，太冒险了，太不遵循人间的规则。杜

第四章 李白 125

甫逐渐成为正统文学里的伟大代表者,而李白则备受争议。

在皓月当空的夜里,自己一个人喝酒,感觉到生命的孤独与茫然,会体悟到李白诗里最美的部分。一个寒冷的冬夜,在地下通道里,看到乞丐在行乞,也许会想起杜甫诗中最感人的部分,想到"朱门酒肉臭,路有冻死骨"。两者其实是不同的感动,我不觉得在皓月下喝酒的那个我,走到地下通道看到乞丐就不会有悲悯之心。这中间并不冲突,而是生命的两种完成。

这里有种生命的互补,大唐盛世的迷人不只是李白生命的丰富,更是李白与杜甫一起构成的大丰富,因为他们如此不同,又是同一个花园里开出来的花朵。他们彼此也知道各自的定位都是对方不能取代的。李白让人觉得生命还可以发亮,而杜甫则是照到最角落的光。不懂李白,不会懂杜甫,同样,不懂杜甫,也很难真正懂李白的价值,这就是唐诗的格局。

杜甫说李白"冠盖满京华,斯人独憔悴",长安城中这么多士绅崇拜李白,可是这个人怎么这么孤独、这么憔悴。杜甫非常清楚李白的孤独,但李白不会无缘

无故地对杜甫说"我孤独啊,孤独啊",杜甫是从李白的作品里读出来的,比如《月下独酌》中就有繁华里面的荒凉和孤独。杜甫也预言"千秋万岁名,寂寞身后事",他觉得李白将来会名垂千古,那个时候李白还没有去世,杜甫已经确定李白未来的声名。"寂寞身后事",李白没有争现世的名利,潦倒以终。

杜甫与李白之间有一种知己情谊。历史上最让我感动的画面,是李白与杜甫在酒楼上坐下来喝酒,谈他们的生命理想。这种感情就是"永结无情游,相期邈云汉"。大约七百年后,在佛罗伦萨,达·芬奇与米开朗琪罗也开启两个人的对话关系。李白与杜甫,达·芬奇与米开朗琪罗,他们的相遇是生命中不可思议的撞击。我们每一个人的生命里都有李白和杜甫。对个体生命完成的追寻,让我们放歌山林;回到这世界上,对于最卑微的生命又有着同情、悲悯。

杜甫《饮中八仙歌》中说:"李白一斗诗百篇,长安市上酒家眠。天子呼来不上船,自称臣是酒中仙。"杜甫非常知道李白的豪迈,他也可以这样做,可是杜甫好像在生命的两难里,先选择了路边冻死的那些人,所以就暂时没有机会去描述李白那种豪情。这是生命的偏重,诗人在两难中,选择了暂时要完成的角色。

柔情与阳刚

在精彩的唐朝，生命有机会释放自己，
产生了活泼的生命形式

李白写过《长相思》这种非常柔情、抒情的诗，也写过《关山月》这种充满阳刚气魄的诗。两首诗的情感非常不一样，"天长路远魂飞苦"的缠绵与"明月出天山"的豪迈相差实在很远。

其实我们自己也是多元的，并非那么单一，可能是因为接受的教育，让我们越来越觉得自己只有一种面目。当我们被定型之后，也不敢去触碰另外的"我"。在精彩的唐朝，生命有机会释放自己，产生了活泼的生命形式。

下面这首《长相思》是非常美的思情诗，与《蜀道难》和《将进酒》都不一样。

长相思（其一）

长相思，在长安。
络纬秋啼金井阑，微霜凄凄簟色寒。孤灯不明思欲绝，卷帷望月空长叹。
美人如花隔云端。上有青冥之高天，下有渌水之波澜。
天长路远魂飞苦，梦魂不到关山难。
长相思，摧心肝。

"长相思，在长安。络纬秋啼金井阑……"，秋天的时候，昆虫在井边发出微微的叫声。"微霜凄凄簟色寒"，"簟"是竹席，秋天薄霜初降，席子有冰凉的感觉。这首诗一开始的调子比较低微，不像《将进酒》《蜀道难》那么高亢。"孤灯不明思欲绝，卷帷望月空长叹。美人如花隔云端。上有青冥之高天,下有渌水之波澜",这里又用到一点《蜀道难》里面的技法。

"天长路远魂飞苦",这句的主题是魂。心灵在空明的境界中飞,飞在空茫的青冥长天上,也飞在清水的波澜之上,一片茫然之中有思绪一直在飞,天长地远地飞。这里讲的是思念。李白用了一个很特殊的方法,整个空间被扩大,然后描述在天长地远中飞的那个魂,好像有根细丝牵系着,可是"梦魂不到关山难"。

"长相思,摧心肝",这一句多么直接、大胆,李白敢用最平易的字。我觉得李白一定常常在酒楼里混,在那里他会听到不同阶层的人的声音。

《关山月》也是大家很熟悉的一首诗。

关山月

明月出天山,苍茫云海间。
长风几万里,吹度玉门关。
汉下白登道,胡窥青海湾。
由来征战地,不见有人还。
戍客望边色,思归多苦颜。
高楼当此夜,叹息未应闲。

唐朝很多诗人都曾经跟着军队到塞外,出塞时看到的大风景,对他们的创作产生了很大影响。"明月出天山,苍茫云海间。长风几万里,吹度玉门关",是不是很容易令人联想到王维的"大漠孤烟直,长河落日圆"?一首诗的好,不见得是全部都好,有一个画面让人难忘就已经足够。

从"汉下白登道,胡窥青海湾"开始讲汉胡打仗。"由来征战地,不

第四章 李白

见有人还。戍客望边色,思归多苦颜",守卫边疆的军士叫"戍客",他们每天都想回家,可是回不去。"高楼当此夜,叹息未应闲",在这样的晚上,某一个地方的高楼上应该有人在叹息。这些内容在唐诗中经常出现,最惊人的还是开头四句显露出来的宏大气度。

浮云游子意,落日故人情

人的感伤眷恋到了极致,变成无情,就是"挥手自兹去"

除了"风吹柳花满店香",李白也写过以送别为主题的律诗,比如《送友人》。

> 送友人
> 青山横北郭,白水绕东城。
> 此地一为别,孤蓬万里征。
> 浮云游子意,落日故人情。
> 挥手自兹去,萧萧班马鸣。

第四章 李白

一开始是风景的描述,要送朋友,送到一个地方,看到北边有青山,还有城墙,东边有一条水绕过去,阳光照在水面上发出亮光。"此地一为别,孤蓬万里征",从这里告别以后,孤独的游子就要走万里的路。"孤蓬",一个孤独的渺小的存在,可是要去走万里的路。

因为朋友要走了,是一个游子,要描写流浪,就用到浮云,李白觉得浮云很像一种浪子的感觉,所以是"浮云游子意"。"落日故人情",太阳要落下去的时候,总是好像恋恋不舍,所以用落日来形容与老朋友告别时的眷恋。"浮云游子意,落日故人情"是一组很工整的对仗。在水到渠成的语言模式中,唐诗的形式本身已经极其完美,李白就在这么完美的形式当中把内容传达出来。

"挥手自兹去,萧萧班马鸣",这也是非常李白式的结尾。人的感伤眷恋到了极致,变成无情,就是"挥手自兹去",我挥一挥衣袖吧,不愿意带走一片云彩,不做任何的牵挂。在转身走时,视觉不见了,只听到朋友的马仍在凄凉地叫,有一点怜惜的感觉。

醉月频中圣,迷花不事君

李白与孟浩然则有一种从人世间出走的生命情操

李白与孟浩然是好朋友,李白写过一首《赠孟浩然》给他。

赠孟浩然

吾爱孟夫子,风流天下闻。

红颜弃轩冕,白首卧松云。

醉月频中圣,迷花不事君。

高山安可仰,徒此揖清芬。

在唐朝,朋友与朋友之间有一种投契,这种投契是出于对生命状态的欣赏。这首诗起头非常自然,就是"吾爱孟夫子",李白那么坦然,几乎从来不婉转。"风流"是说孟浩然有自己的见解,有个性和真性情。大家都知道孟浩然非常潇洒,活得很自在。

随后,李白解释了"风流天下闻"的原因——"红颜弃轩冕"。年轻的时候,孟浩然就已经决定不参加考试,不去做官,"轩""冕"分别是车子与帽子,代表功名爵禄。孟浩然却"红颜弃轩冕",追求青春生命的美,放弃了名与利。"白首卧松云",现在他老了,头发也白了,自在地靠着松树,在山上隐居。"红颜弃轩冕,白首卧松云"是一组对仗,可以看出李白在文学形式上的讲究。"醉月频中圣",在有月亮的晚上不断喝酒,喝醉了。"迷花不事君",因为着迷于花的美丽,而不去伺候君王了。可以"迷花不事君"吗?我常常这样问自己。

李白在这里提供了生命的另外一种情操,这种情操不是世俗可以判定

第四章 李白

的。这类人在功利世俗的社会,可能一点地位都没有,可是他们会惊动朝野。李白也是如此。李白没有经过任何国家功名的考试,他就是写诗、修仙、炼丹、练剑。贺知章很赏识他的才华,认为他是"谪仙"。后来借由举荐,唐玄宗让李白供奉翰林。

以诗惊动朝野在今天是不可思议的事情,可是在唐朝,诗的确有这种影响。诗人可以通过创作,实现个人生命的完成,使天下对他有一种尊重,所以"高山安可仰,徒此揖清芬"。李白把孟浩然比喻为一座我们要仰望的高山,留下大家可以传诵的芬芳。这首诗歌颂的完全是世俗之外的生命情操,里面有很大部分也是李白写给自己的。杜甫这样的诗比较少,个人生命的完成不是杜甫关注的重点,他总觉得在很多生命还在忍受巨大的饥饿或者说连温饱都没有的状况下,不忍心去写这种诗。李白与孟浩然则有一种从人世间出走的生命情操。

忧伤与豁达

生命有如此多的忧伤，但并非无从解脱

李白还写过一首送别诗，也写到了自己，是《宣州谢朓楼饯别校书叔云》。

宣州谢朓楼饯别校书叔云
弃我去者，昨日之日不可留。
乱我心者，今日之日多烦忧。
长风万里送秋雁，对此可以酣高楼。
蓬莱文章建安骨，中间小谢又清发。
俱怀逸兴壮思飞，欲上青天览日月。
抽刀断水水更流，举杯销愁愁更愁。
人生在世不称意，明朝散发弄扁舟。

"弃我去者，昨日之日不可留"，离我而去的昨天，以前所有的日子，怎么留都留不住。这里说的是因为时间流逝引发对生命的茫然。"乱我心者，今日之日多烦忧"，让我心里烦乱与忧伤的是今天与今天以后的日子。这几乎就是在写日记，忽然就写出了自己最深的心事，而且句型非常特殊。"弃我去者"是四个字，"昨日之日"是四个字，"不可留"是三个字，运用了"四四三"的规则。这个开头不是很像现代诗吗？

"长风万里送秋雁，对此可以酣高楼"，生命有如此多的忧伤，但并非无从解脱。只要长风吹来，看到大雁飞过，就觉得很开心，可以好好在楼上喝酒。李白的诗似乎充满矛盾，一般人大概会一路忧伤下来，可

第四章 李白 133

是李白不会，他一转，就豁达了。他的忧伤与豁达之间似乎没有界限。下面开始使用典故——"蓬莱文章建安骨，中间小谢又清发"，李白借建安七子与谢朓，来讲他要告别的李云和他自己，觉得都有飘逸的胸怀，都有雄壮的心灵，所以"俱怀逸兴壮思飞，欲上青天览日月"。

在《将进酒》里面，我们感觉到李白的忧郁与豪迈形成强烈的对比，这里也是一样，忧伤又一次涌上心头。"抽刀断水水更流"，这是个非常奇特的比喻，拿刀子去切水，不管怎么切，只要刀子拿开，水还是在流。他用这种具象化的方法描述自己难以消散的忧愁。"举杯销愁愁更愁"，怎么喝酒，愁绪都无法消散。"人生在世不称意"，活在人世间有这么多不如意，不如"明朝散发弄扁舟"，明天散着头发乘一叶扁舟而去吧。李云是去做官的，在李白的世界里，做官就是有"轩"有"冕"的人，大概会有很大的压力。"明朝散发弄扁舟"，好像是与现世当中的拘禁形成对比。"散发"不仅是散掉头发，更是散掉人世间的拘束，恢复到自由状态。

我本楚狂人

李白在历史上最重要的意义，
就是对正统文化的巨大颠覆

《庐山谣寄卢侍御虚舟》也是李白非常重要的作品。

庐山谣寄卢侍御虚舟

我本楚狂人，凤歌笑孔丘。

手持绿玉杖，朝别黄鹤楼。

五岳寻仙不辞远，一生好入名山游。

庐山秀出南斗傍，屏风九叠云锦张，

影落明湖青黛光。

金阙前开二峰长，银河倒挂三石梁。

香炉瀑布遥相望，回崖沓嶂凌苍苍。

翠影红霞映朝日，鸟飞不到吴天长。

登高壮观天地间，大江茫茫去不还。

黄云万里动风色，白波九道流雪山。

好为庐山谣，兴因庐山发。

闲窥石镜清我心，谢公行处苍苔没。

早服还丹无世情，琴心三叠道初成。

遥见仙人彩云里，手把芙蓉朝玉京。

先期汗漫九垓上，愿接卢敖游太清。

我们看看这首诗开头最重要的几个句子：我本楚狂人，凤歌笑孔丘。手持绿玉杖，朝别黄鹤楼。五岳寻仙不辞远，一生好入名山游。从中我们

可以了解李白的思想背景。

"我本楚狂人,凤歌笑孔丘",在我们的历史上似乎没有人敢笑孔丘,可是这个"楚狂人"就可以。《论语》中有"楚狂接舆",他(接舆)唱着一首歌:"凤兮,凤兮,何德之衰?往者不可谏,来者犹可追。"狂人(接舆)唱完歌以后,孔子想下车跟他讲话,觉得这个人不是普通的疯子,他是特别来点醒自己的。

后来有的书籍中,"丘"这个字都不敢用,用其他字代替,叫"避圣讳"。孔子太神圣了,所以连名字都不能讲。李白的世界里没有"圣讳",他直接"凤歌笑孔丘"。李白在历史上最重要的意义,就是对正统文化的巨大颠覆。他很叛逆,对于权威特别不服气,别人觉得孔丘神圣不可触犯,可是李白觉得自己根本就是楚狂人,敢于狂歌,可以笑孔丘。这在我们的教育里太少了,年轻一代似乎很少接触叛逆性的文化,总是被权威的阴影所压住。尊敬传统最动人的方式可能是李白式的颠覆吧。

"手执绿玉杖,朝别黄鹤楼",李白追求的不是儒家的终极,而是老庄的求仙,"绿玉杖"是仙人所用的手杖。"五岳寻仙不辞远,一生好入名山游",李白是一个从人世间出走的角色,他不用人世间的定位,他要去追寻山水或者是道家的仙人。

美到极致的感伤

李白的豪放与豁达背后一直有种感伤，这个感伤是时间本身的感伤

李白的《清平调》大家也很熟悉。

清平调（其一）
云想衣裳花想容，春风拂槛露华浓。
若非群玉山头见，会向瑶台月下逢。

清平调（其二）
一枝红艳露凝香，云雨巫山枉断肠。
借问汉宫谁得似，可怜飞燕倚新妆。

清平调（其三）
名花倾国两相欢，常得君王带笑看。
解释春风无限恨，沉香亭北倚阑干。

当时唐玄宗宠爱杨贵妃，在春天牡丹花开的时候，觉得这样一个景象应该要有新歌，就找李白以唐朝大曲《清平调》来写三首诗。这是李白奉命写的诗。通常我们会觉得艺术家奉命写的诗一定不好，而且皇帝对贵妃的喜爱与李白有什么关系？可是李白看到了牡丹，看到了这么美的女子，也被感动了。

"名花倾国两相欢，常得君王带笑看"，唐玄宗看到美的东西已经看呆了，这个形容非常有趣，"带笑看"非常白话，却又很生动。"解

第四章　李白

释春风无限恨"，春风吹过去，好像里面含着一种无限的恨。恨谁呢？我觉得这是整首诗里最好的句子。这么美的花，这么美的人，这么有名的君王，喜悦里仍怀着哀伤。"沉香亭北倚阑干"，"沉香亭"是宫廷里牡丹花旁边的亭子，杨贵妃当时坐在亭子中，靠在栏杆上看花。

因为这个"恨"字，李白还受到小人的中伤，毕竟是写给君王的一首诗。美到了极致的确会带给人感伤。李白的豪放与豁达背后一直有种感伤，这个感伤是时间本身的感伤。再美的事物，再伟大的功业，在李白的生命当中也是当春风吹过，时间会把一切美好冲淡。"恨"其实是生命本质的遗憾吧！

第一首中的"云想衣裳花想容，春风拂槛露华浓"也是李白的名句。我们可以感觉到"露""华""浓"分别是三个东西，"露华浓"就是说花开放时花上的露水正浓，其实是在讲色彩，讲香味，也是讲水的光泽。这些文字可以透露出李白对华美的追求。"若非群玉山头见，会向瑶台月下逢"，这当然是讲杨贵妃。如果不是在仙山上看到，大概也是在月下瑶台上相逢，描述杨贵妃美到不像是人间的样子，在仙界才能遇见。这是李白的应命之作，他竟然可以写到这种程度。

"一枝红艳露凝香"是讲芍药花的红艳，露水上有香气凝结，也是在形容杨贵妃的美。"云雨巫山枉断肠"，这是比较大胆的一句，也是后来遭小人诬陷的口实，其实他还是在写美，以及情感的缠绵与眷恋带来的哀伤。"借问汉宫谁得似，可怜飞燕倚新妆"，如果这样美丽的女子在汉代会是谁呢？应该是化好妆的赵飞燕吧。可以看到，在《清平调》中，李白把贵游文学的风格发挥到了极致。

思君若汶水，浩荡寄南征

河水不断往南流去，
思念就像水一样一波一波地往南流去

我们再来看看李白的《沙丘城下寄杜甫》。

> 沙丘城下寄杜甫
> 我来竟何事？高卧沙丘城。
> 城边有古树，日夕连秋声。
> 鲁酒不可醉，齐歌空复情。
> 思君若汶水，浩荡寄南征。

"我来竟何事？高卧沙丘城"，李白写的诗开头永远这么直接。我觉得他的诗最大的秘密就是把主题写出来。这两句诗很平白地说："我到这里来干什么？怎么会在沙丘城待这么久？"杜甫收到这首诗时，就知道是李白在沙丘城写给他的诗。李白的诗第一个字常常是"我"，杜甫很少用"我"，两个人的个性真是非常不同。

"城边有古树，日夕连秋声"，还是白描手法，小城旁边有一些古老的树木，白天晚上都有树木被风吹动的声音。"鲁酒不可醉，齐歌空复情"，沙丘城这个地方在山东，古代齐国和鲁国的地方。鲁国的酒很有名，可是鲁国的酒好像老是喝不醉人；别人说齐国的歌也很有名，可是听了后觉得没有什么真正的内容与情感。这种描述透露的是李白的寂寞。为什么寂寞？因为他想念杜甫，他觉得虽然与杜甫相处时间不长，却是真正知心的来往。"思君若汶水"，想念到什么程度？就像那条汶水一样"浩荡寄南征"。杜甫这个时候在南方，河水不断往南流去，思念就像水一样

第四章　李白 141

一波一波地往南流去。

　　李白写给杜甫的这首诗翻译成白话，依然是一首很大胆的思念之诗。我们看到，李白作品中对杜甫的情感，是一个诗人对另外一个诗人的知心欣赏。

附录

采薇

　　采薇采薇①，薇亦作止②。曰归曰归，岁亦莫③止。靡室靡④家，猃狁⑤之故。不遑启居⑥，猃狁之故。

　　采薇采薇，薇亦柔止。曰归曰归，心亦忧止。忧心烈烈，载⑦饥载渴。我戍未定⑧，靡使归聘⑨。

　　采薇采薇，薇亦刚止。曰归曰归，岁亦阳⑩止。王事靡盬⑪，不遑启处⑫。忧心孔疚⑬，我行不来。

　　彼尔维何⑭？维常之华⑮。彼路⑯斯何？君子之车。戎车既驾⑰，四牡业业⑱。岂敢定居，一月三捷⑲。

　　驾彼四牡⑳，四牡骙骙㉑。君子所依，小人所腓㉒。四牡翼翼㉓，象弭鱼服㉔。岂不日戒㉕，猃狁孔棘㉖。

　　昔我往矣，杨柳依依㉗。今我来思㉘，雨雪霏霏㉙。行道迟迟㉚，载渴载饥。我心伤悲，莫知我哀！

（入选部编版语文教科书六年级下册）

[注释]

①薇：野菜名，又名野豌豆，可食。②作：生出，萌芽。止：语气词。③莫：通"暮"。④靡：无。⑤猃狁(xiǎnyǔn)：北方少数民族之一，为汉代匈奴的先祖。⑥遑：暇，闲暇。启居：安居。⑦载：又。⑧戍：守边。定：停止。⑨使：使者。归聘：归家探问。⑩阳：天暖。⑪盬(gǔ)：休止。⑫启处：安处。⑬孔疚：很痛苦。⑭彼尔维何：那盛开的花是什么。尔，此指下句的"华"。⑮维：是。常：棠，棠棣树。华：同"花"。⑯路：高大的车。⑰戎车：兵车，战车。既驾：已经驾出。⑱牡：公马。业业：高大貌。⑲一月三捷：一个月里要三捷，即指一个月中要打多次仗。三，虚指。一说捷指行军。⑳四牡：驷马。㉑骙(kuí)骙：马强壮貌。㉒小人：指士兵。腓(féi)：掩蔽。㉓翼翼：整齐貌。㉔象弭(mǐ)：弓的两端缚弦处为弭，镶上象牙叫象弭。鱼服：蒙上鱼皮的箭袋。㉕戒：戒备，警惕。㉖孔棘：

很厉害。棘,荆棘,扎手。㉗依依:指柳条随风飘拂的状态,一说茂盛貌。㉘思:语气助词。㉙霏霏:形容细密。㉚迟迟:缓缓。

蒹 葭①

蒹葭苍苍②,白露为霜。所谓伊人③,在水一方④。
溯洄从之⑤,道阻⑥且长。溯游⑦从之,宛在水中央⑧。
蒹葭萋萋⑨,白露未晞⑩。所谓伊人,在水之湄⑪。
溯洄从之,道阻且跻⑫。溯游从之,宛在水中坻。
蒹葭采采⑬,白露未已⑭。所谓伊人,在水之涘⑮。
溯洄从之,道阻且右⑯。溯游从之,宛在水中沚⑰。

(入选部编版语文教科书八年级下册)

[注释]

①选自《诗经·秦风》。蒹葭(jiānjiā),芦苇。②苍苍:茂盛的样子。③伊人:那人,指所爱的人。④在水一方:在水的另一边,指对岸。⑤溯洄(sùhuí)从之:逆流而上去追寻。溯洄,逆流而上。洄,逆流。从,跟随、追寻。之,代"伊人"。⑥阻:艰险。⑦溯游:顺流而下。⑧宛在水中央:好像在水的中央,意思是相距不远却无法接近。⑨萋萋:茂盛的样子。⑩晞(xī):干。⑪湄(méi):岸边,水与草相接的地方。⑫跻(jī):(路)高而陡。⑬采采:茂盛鲜明的样子。⑭未已:没有完,这里指还没有干。⑮涘(sì):水边。⑯右:向右迂曲。⑰沚(zhǐ):水中的小块陆地。

登幽州台歌
陈子昂①

前不见古人②,后不见来者③。
念④天地之悠悠⑤,独怆然⑥而涕⑦下!

(入选部编版语文教科书七年级下册)

[注释]

①陈子昂：陈子昂(661-702)，字伯玉。梓州射洪（今属四川）人，唐代文学家，因曾任右拾遗，后世称为陈拾遗。②前：过去。古人：古代那些能够礼贤下士的圣君。③后：未来。来者：后世那些重视人才的贤明君主。④念：想到。⑤悠悠：形容时间的久远和空间的广大。⑥怆然：悲伤的样子。⑦涕：古时指眼泪。

春江花月夜
张若虚①

春江潮水连海平，海上明月共潮生②。滟滟③随波千万里，何处春江无月明！江流宛转绕芳甸④，月照花林皆似霰⑤；空里流霜不觉飞⑥，汀上白沙看不见⑦。

江天一色无纤尘，皎皎空中孤月轮。江畔何人初见月？江月何年初照人？

人生代代无穷已，江月年年望相似。不知江月待何人，但见长江送流水。白云一片去悠悠，青枫浦上⑧不胜愁。谁家今夜扁舟子⑨？何处相思明月楼⑩？可怜楼上月徘徊，应照离人⑪妆镜台。玉户帘中卷不去，捣衣砧上拂还来⑫。此时相望不相闻⑬，愿逐⑭月华⑮流照君。鸿雁长飞光不度，鱼龙潜跃水成文⑯。

昨夜闲潭梦落花⑰，可怜春半不还家。江水流春去欲尽，江潭落月复西斜。斜月沉沉藏海雾，碣石⑱潇湘⑲无限路⑳。不知乘月几人归，落月摇情满江树㉑。

（入选人教版高中语文选修教材《中国古代诗歌散文欣赏》）

[注释]

①张若虚：张若虚（生卒年不详），扬州（今属江苏）人。曾任兖州兵曹。②海上明月共潮生：月亮从地平线升起，在水边望去，就好像从浪潮中涌出一样。③滟滟（yànyàn）：波光荡漾的样子。④芳甸：开满花草的郊野。⑤月照花林皆似霰（xiàn）：月光照在鲜花、树林上，就像雪珠一样洁白晶莹。霰，雪珠。⑥空里流霜不觉飞：月色如霜，所以霜飞无从觉察。⑦汀上白沙看不见：洲上的白沙和月色融合在一起，看不分明。汀，沙滩。⑧青枫浦上：暗用《楚辞·招魂》："湛湛江水兮上有枫，目极千里兮伤春心。"浦上，水边。《九歌·河伯》："送美人兮南浦。"因而此句隐含离别之意。⑨扁(piān)舟子：飘荡江湖的客子。

扁舟，小舟。⑩明月楼：思妇的闺楼。⑪离人：此处指思妇。⑫玉户帘中卷不去，捣衣砧上拂还来：月光照进思妇的门帘，照在她的捣衣砧上，卷不走，拂不掉。意谓月色带着离愁渗进思妇的心头，无法排除。⑬相望不相闻：指游子思妇共望月光，而无法传递音信。⑭逐：追随。⑮月华：月光。⑯鸿雁长飞光不度，鱼龙潜跃水成文：鸿雁不停地飞翔，而不能飞出无边的月光；月照江面，鱼龙在水中跳跃，激起阵阵波纹。此二句写月光之清澈无边，也暗含鱼雁不能传信之意。⑰昨夜闲潭梦落花：写游子夜里梦见花落闲潭，表达惜春之感。⑱碣石：山名，在渤海边上。⑲潇湘：潇水和湘水，在湖南零陵合流后称潇湘。碣石、潇湘，泛指天南地北。⑳无限路：极言离人相距之远。㉑落月摇情满江树：缭乱不宁的别绪离情，伴随着残月余辉散落在江边的树林里。

己亥杂诗（其五）①

龚自珍②

浩荡③离愁白日④斜，
吟鞭⑤东指即天涯⑥。
落红⑦不是无情物，
化作春泥更⑧护⑨花。

（入选部编版语文教科书七年级下册）

[注释]

①己亥(hài)杂诗：清己亥年间龚自珍辞官南归，在回家途中写成了七绝315首，总题为《己亥杂诗》。己亥，清道光十九年(1839年)。②龚自珍(1792—1841)，字璱(sè)人，号定盦(ān)，浙江仁和（今浙江杭州）人。清代思想家、文学家。③浩荡：形容愁绪无边无际的样子。④白日：阳光。⑤吟鞭：诗人自己的马鞭。这里指马鞭所指的方向，即诗人所去的方向。⑥天涯：天边，形容很远的地方。⑦落红：落花。⑧更：反而。⑨护：培育，养护。

鹿柴①
王 维②

空山不见人,但闻人语响。
返景③入深林,复照青苔上。

(入选部编版语文教科书四年级上册)

[注释]
①鹿柴:辋川别墅之一。柴,通"寨",用树木围成的栅栏。②王维(约701—761),字摩诘,河东(治所在今山西永济西)人,祖籍太原祁县(今属山西),唐代诗人、画家。③返景:同"返影",太阳将落时通过云彩反射的光。返,折回。

竹里馆①
王 维

独坐幽篁②里,弹琴复长啸③。
深林人不知,明月来相照④。

(入选部编版语文教科书七年级下册)

[注释]
①竹里馆:辋川别墅胜景之一,房屋周围有竹林,故名。②幽篁:幽深的竹林。③长啸:这里指吟咏、歌唱。④相照:与"独坐"相应,意思是说,左右无人相伴,唯有明月似解人意,偏来相照。

使至塞上
王 维

单车①欲问边②,属国过居延③。征蓬④出汉塞,归雁入胡天。

大漠孤烟[5]直,长河[6]落日圆。萧关逢候骑[7],都护在燕然[8]。

(入选部编版语文教科书八年级上册)

[注释]

①单车:一辆车,形容随从不多。②问边:慰问边关将士。③居延:古地名,在今甘肃张掖北。④征蓬:飘飞的蓬草。⑤孤烟:烽烟。⑥长河:黄河。⑦逢候骑:逢,遇到。候骑,骑马的侦察兵。⑧燕然:古山名,这里代指边防前线。

式 微[1]

式微式微,胡[2]不归?微[3]君[4]之故,胡为乎中露[5]?
式微式微,胡不归?微君之躬[6],胡为乎泥中?

(入选部编版语文教科书八年级下册)

[注释]

①选自《诗经注析》(中华书局1991年版)。式微,意思是天黑了。式,语气助词。微,昏暗。邶(bèi)风,邶地的民歌。邶,今河南汤县北部一带。②胡:何,为什么。③微:(如果)不是。④君:君主。⑤中露:即露中,在露水中。⑥微君之躬:(如果)不是为了养活你们。躬,身体。

山居秋暝[1]
王 维

空山新雨后,天气晚来秋。
明月松间照,清泉石上流。
竹喧归浣女[2],莲动下渔舟。
随意春芳歇[3],王孙[4]自可留。

(入选部编版语文教科书五年级上册)

[注释]

①暝：日落时分，天色将晚。②浣女：洗衣物的女子。③歇：尽。④王孙：原指贵族子弟，此处指诗人自己。

蜀道难①

李 白

噫吁嚱②，危乎高哉！蜀道之难，难于上青天！蚕丛及鱼凫③，开国何茫然④！尔来⑤四万八千岁，不与秦塞⑥通人烟。西当太白有鸟道⑦，可以横绝⑧峨眉巅。地崩山摧壮士死⑨，然后天梯石栈⑩相钩连。上有六龙回日之高标⑪，下有冲波逆折之回川⑫。黄鹤⑬之飞尚不得过，猿猱⑭欲度愁攀援。青泥⑮何盘盘⑯，百步九折萦岩峦。扪参历井⑰仰胁息⑱，以手抚膺坐⑲长叹。

问君西游⑳何时还？畏途巉岩㉑不可攀。但见悲鸟号古木，雄飞雌从绕林间。又闻子规㉒啼夜月，愁空山。蜀道之难，难于上青天，使人听此凋朱颜㉓！连峰去天不盈尺㉔，枯松倒挂倚绝壁。飞湍㉕瀑流争喧豗㉖，砯崖转石万壑雷㉗。其险也如此，嗟尔远道之人胡为乎来哉㉘！

剑阁㉙峥嵘而崔嵬，一夫当关，万夫莫开㉚。所守或匪亲，化为狼与豺㉛。朝避猛虎，夕避长蛇，磨牙吮血，杀人如麻。锦城㉜虽云乐，不如早还家。蜀道之难，难于上青天，侧身西望长咨嗟㉝！

（入选人教版高中语文教科书必修3）

[注释]

①选自《李太白全集》（中华书局1977年版）。这首诗大约作于唐天宝初年，是诗人在长安时为送别友人入蜀而作。"蜀道难"，古乐府旧题。李白(701—762)，字太白，号青莲居士，祖籍陇西成纪(今甘肃秦安)。青少年时在蜀中度过，后出蜀到各地漫游。为人傲岸任侠，好剑术，访道，喜纵横之说。天宝元年(742年)应诏入京长安，供奉翰林，不久遭谗去职。②噫吁嚱（yī xū xī）：三字都是惊叹词。③蚕丛及鱼凫（fú）：蚕丛、鱼凫，都是远古蜀王名。④茫然：完全不知道的样子。⑤尔来：从那时以来。尔，那，指开国之初。⑥秦塞：秦地。

秦国自古称为四塞之国。塞，山川险要的地方。⑦西当太白有鸟道：意思是，（长安）西面有太白山（阻隔了入蜀之路），只有鸟儿飞行的路径。太白，山名，在今陕西眉县东南。鸟道，指连绵高山间的低缺处，唯有鸟儿能飞行，人迹所不能至。⑧横绝：飞越。⑨地崩山摧壮士死：相传秦惠王想征服蜀国，知道蜀王好色，答应送给他五个美女。蜀王派五位壮士去接人。回到梓潼（在今四川剑阁之南）的时候，看见一条大蛇进入穴中，一位壮士抓住了它的尾巴，其余四人也来相助，用力往外拽。不多时，山崩地裂，壮士和美女全被压死，而山分为五岭，入蜀之路遂通。这便是有名的"五丁开山"的故事。⑩天梯石栈：天梯，指高险的山路。石栈，俗称"栈道"，在山崖上凿石架木建成的通道。⑪上有六龙回日之高标：上面有迫使太阳神的车子掉头的高峻的山峰。六龙，传说太阳神的车子由羲和驾驭六条龙拉着，每天在空中行驶。回，回转。高标，指可以做一方标志的最高峰。⑫下有冲波逆折之回川：下面有波涛滚滚的回旋的急流。逆折，倒流。⑬黄鹤：黄鹄，善飞的大鸟。⑭猱（náo）：猿的一种，善攀缘。⑮青泥：青泥岭，在今陕西略阳境内。⑯盘盘：形容山路曲折盘旋。⑰扪（mén）参（shēn）历井：意思是，山高入天，人在山上，可以用手触摸星星，甚至要从它们中间穿过。参、井，星宿名。春秋战国时期，人们将黄道带分为十二次，各有定名，每次以二三个星宿为星官，分别配属于各诸侯国，称为分野。秦是井宿的分野，蜀是参宿的分野；由秦入蜀，故称"扪参历井"。扪，摸。⑱仰胁息：仰着头，屏住呼吸。胁息，屏住呼吸。⑲坐：徒，空。⑳西游：指入蜀。㉑巉（chán）岩：高而险的山岩。㉒子规：即杜鹃，又名杜宇，相传为蜀国古望帝魂魄所化，啼声哀怨动人。㉓凋朱颜：这里是吓得脸变色的意思。凋，使动用法，使……凋谢，这里指脸色由红润变成铁青。㉔连峰去天不盈尺：绵延不断的山峰距天不足一尺。去，距离。盈，满、足。㉕飞湍（tuān）：奔腾的急流。湍，急流。㉖喧豗（huī）：喧闹声。这里指急流和瀑布发出的巨大响声。㉗砯（pīng）崖转石万壑雷：急流和瀑布冲击山崖，石块滚滚而下，千山万壑间响起雷鸣般的声音。砯，水冲击石壁发出的响声，这里做动词用，冲击的意思。转，使滚动。㉘嗟尔远道之人胡为乎来哉：唉，你这远方的人为什么到这里来呢？这是用蜀人的口气劝说"西游"的人不要来蜀地。嗟，叹惋之辞。胡为，为什么。乎，语助词，无义。㉙剑阁：指今四川剑阁县北的大剑山和小剑山，群峰如剑插天，两山如门，极为险要。㉚一夫当关，万夫莫开：

形容剑阁易守难攻。㉛所守或匪亲,化为狼与豺:守关的将领倘若不是(自己的)亲信,就会变成叛乱者。或,倘若。匪,通"非"。狼与豺,比喻叛乱的人。㉜锦城:即锦官城,成都的别称。㉝咨嗟:叹息。

行路难(其一)①
李白

金樽清酒斗十千②,玉盘珍羞直万钱③。
停杯投箸不能食,拔剑四顾心茫然。
欲渡黄河冰塞川,将登太行雪满山。
闲来垂钓碧溪上④,忽复乘舟梦日边⑤。
行路难,行路难,多歧路,今安在⑥?
长风破浪会有时⑦,直挂云帆⑧济⑨沧海。

(入选部编版语文教科书九年级上册)

[注释]
①选自《李太白全集》卷三(中华书局1977年版)。行路难,乐府古题,李白以此为题写了三首诗,这是第一首。②金樽(zūn)清酒斗十千:酒杯里盛着价格昂贵的清醇美酒。金樽,对酒杯的美称。樽,盛酒的器具。斗十千,一斗值十千钱(即万钱),形容酒美价贵。③玉盘珍羞直万钱:盘子里装满价值万钱的佳肴。玉盘,对盘子的美称。羞,同"馐",美味的食物。直,同"值",价值。④闲来垂钓碧溪上:相传姜尚(姜太公)未遇周文王前曾在渭水的磻(pán)溪垂钓,后辅佐周武王灭商。⑤忽复乘舟梦日边:相传伊尹受商汤任用前,曾梦见乘船经过太阳旁边。⑥今安在:如今身处何方?也可理解为:现在要走的路在哪里?⑦长风破浪会有时:比喻终将实现远大理想。《宋书·宗悫(què)传》载,南朝时宗悫用"乘长风破万里浪"来形容自己的抱负。会,终将。⑧云帆:高高的帆。⑨济:渡。

将进酒

李 白

君不见黄河之水天上来,奔流到海不复回。
君不见高堂明镜悲白发,朝如青丝暮成雪。
人生得意须尽欢,莫使金樽空对月。
天生我材必有用,千金散尽还复来。
烹羊宰牛①且为乐,会须②一饮三百杯。
岑夫子③,丹丘生④,将进酒,杯莫停。
与君歌一曲,请君为我倾耳听。
钟鼓馔玉⑤不足贵,但愿长醉不愿醒。
古来圣贤皆寂寞⑥,惟有饮者留其名。
陈王昔时宴平乐⑦,斗酒十千恣欢谑⑧。
主人何为⑨言少钱,径须沽取⑩对君酌。
五花马⑪、千金裘,呼儿将⑫出换美酒,与尔同销万古愁。

(入选人教版高中语文选修教材《中国古代诗歌散文欣赏》)

[注释]

①烹羊宰牛:意思是丰盛的酒宴。语见曹植《箜篌引》:"中厨办丰膳,烹羊宰肥牛。"②会须:应当。会、须,皆有应当的意思。③岑夫子:即岑勋。④丹丘生:即元丹丘,当时的隐士。⑤钟鼓馔(zhuàn)玉:形容富贵豪华的生活。钟鼓,鸣钟击鼓作乐。馔玉,美好的饮食。馔,吃喝。玉,像玉一般美好。⑥寂寞:这里是被世人冷落的意思。⑦陈王昔时宴平乐:陈王曹植从前在平乐观举行宴会。陈王,即曹植,因封于陈(今河南淮阳一带),死后谥"思",世称陈王或陈思王。宴,举行宴会。平乐,观名,汉明帝所建,在洛阳西门外。这句和下句都出自曹植《名都篇》:"归来宴平乐,美酒斗十千。"⑧斗酒十千恣(zì)欢谑(xuè):喝着名贵的酒,纵情地欢乐。斗酒十千,一斗酒价值十千钱,夸张地说酒很名贵。恣,放纵、无拘束。谑,玩笑。⑨何为:为什么。⑩径须沽取:那就应当买了来。径,即、就。沽,通"酤",买或卖,这里指买。取,语助词,表示动作的进行。⑪五花马:毛色斑驳的马。一说,剪马鬣为五瓣。极言马的

名贵。⑫将：拿。

早发白帝城①
李 白

朝辞白帝彩云间，千里江陵②一日还。
两岸猿声啼不住，轻舟已过万重山。

（入选部编版语文教科书三年级上册）

[注释]
①白帝城：故址在今重庆市奉节县白帝山上。②江陵：今湖北荆州市。

本著作物经北京时代墨客文化传媒有限公司代理，由作者蒋勋授权中南博集天卷文化传媒有限公司，在中国大陆出版、发行中文简体字版本。

© 中南博集天卷文化传媒有限公司。本书版权受法律保护。未经权利人许可，任何人不得以任何方式使用本书包括正文、插图、封面、版式等任何部分内容，违者将受到法律制裁。

图书在版编目（CIP）数据

蒋勋说唐诗. 上, 从王维到李白 / 蒋勋著. -- 长沙：湖南美术出版社，2020.10
ISBN 978-7-5356-9163-7

Ⅰ.①蒋… Ⅱ.①蒋… Ⅲ.①唐诗—诗歌欣赏—青少年读物 Ⅳ.① I207.227.42-49

中国版本图书馆 CIP 数据核字（2020）第 080507 号

JIANG XUN SHUO TANGSHI.SHANG, CONG WANG WEI DAO LI BAI
蒋勋说唐诗. 上, 从王维到李白

出 版 人：	黄　啸
出　　品：	小博集
著　　者：	蒋　勋
文字整理：	黄庭钰
协力编辑：	凌性杰
录音统筹·音乐：	梁春美
录音·混音：	白金录音室　钱家瑞
策　　划：	文赛峰
责任编辑：	王管坤
营销编辑：	付　佳　余孟玲
版权支持：	刘子一
书籍设计：	利　锐
责任校对：	林佳伟
出　　版：	湖南美术出版社
	（湖南省长沙市东二环一段 622 号）
经　　销：	新华书店
印　　刷：	北京中科印刷有限公司
开　　本：	875 mm×1270 mm　1/32
印　　张：	5.5
版　　次：	2020 年 10 月第 1 版
印　　次：	2020 年 10 月第 1 次印刷
书　　号：	ISBN 978-7-5356-9163-7
定　　价：	39.80 元

若有质量问题，请致电质量监督电话：010-59096394
团购电话：010-59320018